異世界薬局《いせかいやっきょく》
10
Takayama Liz
高山理図
イラスト：keepout
JN015856

ラルフ
Ralf Schärtel
アメリ
Amélie
エレン
Eléonore Bonnefoi
メレネー

ファルマ
Falma de Médicis
ロッテ
Charlotte Soller
ファビオラ
Fabiola de' Medici
Character
登場人物

ブランシュ
Blanche de Médicis
ブリュノ
Bruno de Médicis
薬谷完治
Kanji Yakutani

Contents

一話　鎹《かすがい》の歯車の調査

月日は経過し、次の闇日食まであと三か月と少しに迫っている。

異界の研究室を介し、地球に存在していた異世界の薬谷完治《やくたにかんじ》と邂逅《かいこう》し、彼の助けを借りてこの世界の終末へ備え、来るべき新しい世界へ向けてのあらゆる準備を終えつつあったファルマは、十七歳になっていた。

世界情勢は表面上、安定してみえた。

四年前の闇日食では有事に備え神聖国に常駐していた神官らを周辺国に避難させ、周辺一帯の呪器をメレネーたちのいた大陸に移動させて無効化し、マイラカ族の精鋭たちがやってきて神聖国周辺に悪霊が存在しない状態にした。

平民技師は神聖国に聖帝エリザベスの培養細胞を用意し、そのときに備えた。

前回、闇日食を迎えたのは一一四八年八月二十六日。

鎹《かすがい》の歯車の聖呪印はエメリッヒやファルマたちの目論見《もくろみ》どおりに培養細胞シートから新たな培養細胞シートへと転写され、形式的には宿主を乗り換えたかたちとなった。

聖帝エリザベスは大神官の地位にありながら、聖呪印から永久に解放されることになった。彼女自身の不安や、一人残される息子のルイのことを考えると、ファルマも彼女が呪いから解放されたことには安堵《あんど》したものだ。

それによりエリザベス自身は大神官固有の神術を失ったが、それでも大神官の地位は守られた。

聖呪印の代替わりの方法が定められていなかったからだ。

誰も犠牲にならず闇日食を乗り越えたかに見えたが、さすがにそれだけでは済まなかったようだ。

◆

闇日食から一週間後、ファルマらが神官らとともに神聖国まで鋋の歯車の様子を確認に行くと、層状構造を持つドーム状の構造物が地表に露出していた。

ドップラーエコーなどの装置がない以上、内部構造を推定することは難しいが、あれから四年、定点観測の結果、少しずつその構造物が肥大化しているということが明らかになった。

あたかも、生贄《いけにえ》を求めて地表へさまよい出たかのように。

地球側にいるファルマ・ド・メディシスの意識を持つ薬谷完治とは、異界の研究室を通して何回か連絡を取っている。二人で練った計画も大詰めを迎えていたが、回を重ねるごとに、ファルマが聖泉をくぐっても研究室の前に接続されないことが相次いだ。

薬谷の解析では、鋋の歯車がファルマの住む異世界側に偏在していることで、時空が不安定化しているためだという。

薬谷はあと一歩で鋋の歯車の地球側への寄生を解くことができそうとのことで、寄生が解けたら、あとはこちらも計画どおりに進めるだけだ。

最終的には、二つの世界を正常化したうえで薬谷とファルマの望みを叶《かな》えることが目標だ。

互いの望みとは、量子技術で存在を分割して、互いが同時に二つの世界に存在し続けること。

どちらの世界に居続けたいかと尋ねたとき、互いが希望を譲り合った。

だからお互いの本音は、どちらの世界にもいたい、だ。

薬谷はできると言っているが、それが叶うのかどうかは分からない。

どんな形態でそうなるのかも分からない。

地縛霊のように実体がない形になるのかもしれないが、それでも悪くないとファルマは思う。

「急速に成長しつつあるな。いつか本体が露出するんだろうか」

ファルマは錠の歯車を見下ろしながら、薬神杖《やくしんじょう》を握りしめる。

錠の歯車に近づくのは危険だが、最低限の調査は必要だ。

聖帝によって集められた有識者会議のメンバーが墓守の居場所を知っているということは、ファルマにとってかなりのインパクトだった。

ただ、彼らは神聖国へ赴いて調査はできないので、直接居場所を見たのではなく、聖典や文献などから繙《ひもと》いたと推測される。

ここに来るときには、いつも「今日で終わりかもしれない」と覚悟をしてやってくる。

ファルマはいつだって、恐怖より好奇心が勝っている。

未知のものがあれば、近づいて検《あらた》めて、その正体を確かめてみたい。

この世界で思い残すことは、もうあまりない。

彼の未練のひとつであった地球での妹、薬谷ちゆは、先月地球で結婚式を挙げた。

薬谷に挙式の様子を動画で共有してもらって、何度も目にしたウェディングドレス姿の彼女は、幼いころ手をつなぎあった妹と同一人物とは思えないほど、目も覚めるほどの美しい大人の女性に成長しており、相手の男性は彼女の人生のパートナーにふさわしい好青年に見えた。

幸せそうな彼女と、それを見守る両親には幾多の幸せが降り注ぐだろう。

彼らの未来は暫定的に最善の方向へと書き換えられ、その命は守られる。

彼らにとってどこにも存在しなくなった悲劇と存在しなくなった結末に思いを馳《は》せることはなく、時空のはざまにとらわれた霊のような自分の存在を、彼らが思い出すこともなければ、会いたいと思う由《よし》もない。

薬谷完治の自我と地球との因縁がゆるやかに絶たれてゆく過程なのだろうと、ファルマは自覚している。

神聖国国境および一帯にはぐるりと規制線が敷かれ、立ち入り禁止区域となっている。

その中央を起点に巨大な陥没穴が出現し、神聖国および周囲の居住者は四年前の闇日食に備えて退去していて、神官や平民を含め、残っている人間はもういない。

時たま、神殿の秘宝を盗みに入って出られなくなった不届き者の遺体が散在しているくらいだ。

かつてこの世界の中枢を担っていた聖地は無人となり、寂寥《せきりょう》とした光景が広がっている。

地下部分の神殿は地下階が大規模に崩落して、瓦礫《がれき》の下から地上へと成長する得体のしれない構造物が表出しているのが確認できる。

この構造物の内部には鋸の歯車があると推測され、周囲では活発な地殻の変化が起こっている。

ファルマは空中から、地球側から持ち込んだドローンで録画をしながら、構造物に近づく。

映像は後日、薬谷とデータを共有し解析を行う。異界の研究室に入れるのは薬谷だけだが、彼の協力者には多くの専門家と専門機関がついているので、画像解析を依頼している。

「三十日前と比較して、約一二％体積増加か……ペースが加速している」

巨大構造物の表層のサンプルを持ち帰り、解析を地球側へ依頼して、既に表層の素材の解析は完了している。マグネシウムと鉄が主な組成だと判明しているので、いつでも構造物を物質消去で消してしまえる。

錖の歯車本体の素材が分かれば同じように消せるかもしれないのだが、本体にまではまだ到達したことがない。画像解析では、地球には存在しない未知の金属の可能性もあるとのことだ。ファルマは少しでも解析用の素材を持ち帰りたいと考えている。

ドローンは亀裂の隙間《すきま》から静かに地下へと潜入する。

地下五メートル、十メートル……。

視界が闇に閉ざされ、カメラが自動的に中遠赤外まで見える暗視に切り替わる。

地下三百メートルを下降した頃には、錖の歯車の全容が見えた。

（ここまで来たのは初めてだ）

ドローンは歯車に最接近し、その表面を撮影した。暗視スコープに捉えられた歯車は、ゆっくりと駆動している。

「前見たときより回転が遅い……これが止まったらどうなる？」

歯車の構造の内部を見てみたいが、この先に進めばドローンを失うことになるだろう。貴重なドローンを使い捨ててしまうことはできない。

「ここまでか……。もう一度調査もしたいしドローンは温存しないとな」

墓守が現れる座標には、重力異常や空間歪曲《わいきょく》が存在するようだ。悪霊が大量発生する地点も、墓守が現れる確率が高まる。

その条件を満たす場所は三か所。

聖泉、神聖国、そして新大陸にあるラカンガ洞窟。

全ての地点をファルマは入念に調査済みで、薬谷側にも重力異常を測定した地図は渡している。

スカーレット・ハリスの死亡したラカンガ洞窟では、『光の渦』という異界への入り口付近でドローンを三機ロストしてしまった。

その先がどこにつながっているのか、ファルマは確認できていない。

光の渦の周辺には、人とも動物ともつかない死体や死骸が折り重なっていた。

ラカンガ洞窟が怪しいが、聖帝らは近づけないため、墓守の居場所ではないと推測できる。

(聖下たちは、墓守の居場所はどこだと考えているんだ？)

彼らに直接尋ねてしまえばいいのだが、教える気があるならとっくに教えてくれているだろう。

バッテリーが少なくなってきたところで調査を終え、ドローンを回収する。

地の底からは、生ぬるい風が吹きあげて不気味な音を立てていた。

◆

後日、ファルマは新大陸へと足を延ばす。

新大陸の情勢は安定しており、マイラカ族の長《おさ》メレネーはサン・フルーヴ帝国との貿易の利を説き、帝国から持ち込んで浄化した呪器の貸与を取引材料に、新大陸東海岸の部族統一を無血で果たしつつあった。

彼女が東海岸統一を急いだのには、理由があった。

他国からの侵略に対する防衛の切り札として機能していた呪術が、今年を境に消えてしまうかもしれない。そんな状況にあっては、一気に他国に蹂躙《じゅうりん》される可能性も否定できず、一刻も早く部族間抗争を終わらせ、一つの国として国力を高める必要があった。

メレネーの危機感は、長年不和の状態にあった敵対部族の長たちにも伝わり、彼女がまとめた部族群は『東岸連邦』と名付けられ、大陸に初めて一つの巨大国家が成立した。

西海岸側の部族たちとの和議は進んでいないが、新大陸の中央は急峻《きゅうしゅん》な山脈によって地理的に隔てられているし、西海岸側から新大陸に到達する航路はまだ発見されていないので、ひとまず時間稼ぎはできている。

ファルマが事前に何度か調べた限りでは、西海岸側の部族はアジア系に顔立ちの似た農耕民族のようだ。少し系統は違うが、メレネーたちとルーツは同じように見える。

彼らは呪術も神術も使っていないようだが、ファルマは敢《あ》えてメレネーには西海岸側の情報を伝えていない。

遠く距離の離れた西海岸側との交通を確保するためには、鉄道の建設などが必要だ。西側にあまり手を広げすぎると、東側の統治や発展が脆弱《ぜいじゃく》になってしまう。

東岸連邦は共和制で、部族集団の長による統治形式をとった。

東岸連邦とサン・フルーヴ帝国の間には、両国政府の公認のもと、貿易船が活発に往来している。国際社会に対する聖帝の監視の効果もあいまって、東岸連邦は内政干渉されることもなく、安定的に旧大陸と交易と文化交流を続けている。

この流れの一環で、東岸連邦の港には貿易関係者が駐在する『プチ・フルーヴ』というサン・フルーヴ人街ができており、診療所、薬局、雑貨店、仕立て店、パン店、学校、代書店、職業養成所などの変化に富んだ店舗が並んでいる。

プチ・フルーヴには異世界薬局の資本を受け、サン・フルーヴ帝国医薬大学校で学んだ現地人薬師がオーナーを務める『東岸薬局 第一号店』が出店しており、ファルマが時々研修に訪れたり、定期診療を行ったりする。

ファルマは新大陸を訪れたついでに、東岸薬局に顔を出した。

「こんにちは、お久しぶりです。ハノンさん」

「ファルマ師！　お早いお越しで！」

青い制服を着た店主の青年薬師ハノンが、患者に対応しながらカウンターの奥から手を振った。

ハノンの接客の様子を、ファルマは少し離れた場所から温かく見守る。

ファルマはハノンが相手をしている患者が途切れるまで、店舗内に陳列してある医薬品を見て回る。期限が切れていないか、適切にパッケージングされているか、直射日光に当たっていないか、成分表示はきちんとできているか、説明書きがあるか。何一つおろそかにしてはいけない。抜き打ちチェックのようになってしまい申し訳ないが、必要な確認だ。

途中、現地住民の客がファルマを店員だと思って声をかけてきたので、薬の説明をする。言葉が通じないので、単語で会話して殆《ほとん》どは絵を見てもらった。

ファルマの名声は東岸連邦にも聞こえていたし、マイラカ族はファルマを特別に認識していたが、東岸連邦の一般の人々には旧大陸人の顔の区別はつきにくいらしく、ファルマと認識して声をかけられることは少なかった。だからファルマは、旧大陸にいるときより身バレを気にせず気軽に街を歩ける。

客に対応していると休憩時間になり、ハノンが近づいてきた。

「すみません、お忙しいでしょうに立ち寄っていただいて」

「いいんですよ。薬局の運営はどうですか？」

ハノンはサン・フルーヴ医薬大を飛び級で卒業したマイラカ族出身の青年で、ファルマの教え子でもある。呪術師ではないが記憶力が抜群で、早期卒業を可能とした。

卒業後、薬師の資格を取得したハノンは、別の部族の二人の女性従業員を雇って店を持った。

彼は東岸連邦とサン・フルーヴ帝国の二つの一級薬師のバッジを胸につけて、帝国語を流暢《りゅうちょう》に話す。ファルマが優秀な人材として安心して新大陸に送り出した薬師だ。

ファルマも、スカーレット・ハリスの手記にある単語をもとにマイラカ族言語の辞書を作成して部族言語はいくつか覚えたが、どうしても片言になってしまう。それを思うと、ハノンの語学力と、それを身につけた努力は相当なものであったのだろう。

「このとおり、おかげさまで大繁盛です。朝から晩まで、客足が途切れることがありません。連邦議員からの要請にこたえるべく、二号店の出店を計画していまして。店舗の設計図を見ていただけますか」

「もちろんです」

ファルマは待ちかねていたように話を繰り出すハノンに相槌《あいづち》を打ちながら、設計図を見る。

「店舗を拡大するのは歓迎ですが、薬師の質の維持を忘れないようにしてください。現代医薬品を取り扱えるのは、サン・フルーヴ帝国医薬大を規定の要件を満たして卒業した薬師に限ります。連邦人の薬師が不足しているのならば、サン・フルーヴ帝国の薬師を雇ってください。それ以外の薬師は、一般医薬品を販売する薬店でと定めてくださいね」

新大陸での薬局運営は距離的な事情もありファルマの目が届きにくいので、信頼できる薬師に医薬品を適切に取り扱ってもらいたい。新大陸に限ったことではないが、僻地《へきち》で開業する関連薬局に対しては、ファルマはそう願っている。

「ご助言のとおりに。そういえば、マジョレーヌ師が手伝いに来てくださるかもしれません」

「それは心強いですね」

一級薬師マジョレーヌは、たびたび新大陸に来て薬草を持って帰っているらしい。

マジョレーヌはブリュノの高弟として帝国医薬大に所属し、新大陸各地での調査を行って研究を続けている。ファルマとはあまり会う機会がないが、精力的に動いているようだ。

「分からないこと、手に負えない症例があれば、電信を使って私に連絡をください」

大陸間通信は、この四年で十分に整備されていた。

「はい、先日も異世界薬局本店に数件、問い合わせをしました」

「それはよかった。遠慮はいりませんので何でも送ってください」

「それから、キャスパー教授にもご助言をいただいています」

「キャスパー教授もお元気ですか」

ファルマは懐かしい名前を聞いて目を細める。

未知の薬用微生物を求めて新大陸に渡ったキャスパー教授は、微生物医学研究所の所長に就任し、研究拠点を新大陸に移している。

彼女の単離した数々の抗菌剤は大規模生産、製品化され、世界中の薬局薬店に普及している。彼女は神力を失い平民となったが、職にあぶれることはなさそうだった。

「ええ、今日もうちの店にお見えになりましたよ。また新しい放線菌を見つけたんですって。今日は湿地帯の調査に行かれるようです」

「それはなによりです。キャスパー教授によろしくお伝えください」

しばらく会っていないなと思いながら、ファルマは彼女の溌剌《はつらつ》とした物言いや面影を懐かしむ。

「どうしてファルマ師はキャスパー教授とお会いにならないので？」

「キャスパー教授と会うことはできるのですが、私自身が微生物研究室に行くことができません」

「はぁ……？」

良かれと思って二人の面会を提案したハノンは、不思議そうな様子で首をかしげる。

ファルマは空気中を漂う細菌やウイルスなどの病原体を退ける滅菌的な聖域をパッシブに展開しているため、キャスパー教授の研究室に近づこうものなら、彼女の培養している有用細菌を根こそぎ殲滅《せんめつ》させてしまう。また、同じ事情でパン店や発酵食品の工場にもあまり近づけない。

「ええと、その。お忙しいかと思いまして」

あまり詳しく話しても理解してもらえないので、そういうごまかし方でいつも切り抜けている。

「はあ、そういう」

ハノンは半分首が傾きながらも納得したようだった。

ともあれ、信頼できる医薬品を取り扱うことで、帝国人と現地の人々との信頼関係もある程度構築できてきたようにファルマは思う。

「ファルマ師、折り入って相談なのですが」

「何でも伺います」

「大陸から、生の薬用植物を持って帰れないでしょうか。サン・フルーヴ医薬大の薬草園にあったあの素晴らしい薬用植物を、こちらに持って帰って植えることができたらと願ってやみません。植物防疫や長い航海で傷むことを考えると、種や球根をこちらに持ち帰るのが一番です。分かってはいるのですが……種から育てるとなると収穫するまでに膨大な時間がかかりますし、せっかく持って帰っても発芽しないことも多くて」

「言われてみればそうですね。野菜や果樹なんかも、運びたいですよね」

新大陸での医療を支えるために化学合成薬が輸出され、薬師らも不便をうったえなかったため、そういった需要があったとはファルマも知らなかった。

「しかし、生の植物を鉢植えにしたまま運ぶと海水や海風で枯れてしまいますし、甲板で日光を当てないと、これまた日照不足で枯れてしまいます」

ハノンは何度か試みたらしく、軒並み失敗に終わったと言って肩を落としている。

「……それでしたら、いい方法がありますよ」

ファルマは思い出して、筆記用具を借りると設計図を書き始めた。

「ガラス箱……ですか？」

ファルマが設計図を描いたものは、一八二九年にイギリス人のウォード医師が発明した、ウォードの箱というものだ。

現在ではテラリウムとも言われるこの輸送用の小型温室で、ウォード医師はロンドンからシドニーにシダを送ったが、八か月もの間、一度も水を与えずに植物を無事に運搬できたという。

密封したガラス箱の中に発芽後の苗と十分な用土を入れ、霧吹きの水をかけ、害虫の混入には気をつける。

ファルマは三分ほどで書きあげた簡単な設計図と注意書きをハノンに見せた。

「えっ、これで運べるんですか？　水やりは？　肥料は？」

ハノンは半信半疑といったような表情を隠さない。

「必要なものを最初に入れてしまえば、それ以上の追加は必要ありません。日中は直射日光ではなく、適度な日差しのもとに置いてください。気温にだけ気をつけて。日中には葉の蒸散や用土からの水分の蒸発で、ガラス箱の中は湿度で満たされます。夜になるとガラスが冷えて、ガラス箱の中の水蒸気は結露し、側面を伝ってまた土に吸収されます。なので、水やりは不要です。枯れた植物体をバクテリアが分解して肥料を作ります。このガラスの容器の中で生態系がつくられるのです」

ガラス容器を密閉したまま数十年も維持している愛好家も、地球にはいたはずだ。

「へえー！　いいことをうかがいました。さっそく試してみたいです」

「お役に立てたならよかったです。それから、出入国時には植物防疫は徹底してください」

「本当にこんなに簡単なもので運べるのですか？」

「そのはずです。いきなり運ばずに、陸上で試してからにしてくださいね」

害虫や植物にとって有害な外来生物を運ぶことにならないよう、ファルマは注意をむけた。

◆

東岸薬局を出て、区画整理のされ始めた集落の様子を視察して回ったファルマは、メレネーのいる中央政府機関に顔を出した。

屈強な呪術師たちにメレネーとの面会を取り次いでもらうと、メレネーは応接室にパンツスーツ姿で現れた。

「おお、よくきたなファルマ。今日は私的な面会か」

現在、メレネーは推定十九歳ほどで、あの頃の少女の面影はもうあまりない。口調は勇ましいが、東岸連邦議長としての佇《たたず》まいは落ち着いている。

「私的な面会のつもり。何か困っていることはないかと思って」

「何もないぞ。順調そのものだ。それよりお前は困っていないのか」

「例の件以外はね」

メレネーはファルマの抱えている問題を思い出して、深いため息をつく。

「それはなるようになるしかないな。お前にもできることはないのだろう？」

「おそらく。最後までもがくけれども。今、墓守の居場所を突き止めようとしている」

「ファルマ、ならそれでいい。あまり思い悩むな。お前がしようとしていることに対して、お前の責任を問える者は誰もいないぞ」

メレネーはファルマを諭すように語りかける。

「我々は安全な水を手に入れ、病に苦しむこともなく、便利で豊かな暮らしの恩恵に浴している。それは何者でもない、お前のおかげだ。そしてお前たちの住む大陸からは悪霊が消え、夜は安眠できるようになった。どちらの世界もよりよくなった。間違っていない、これでいい」

「……それならよかった」

メレネーの言葉が重く胸に響く。

ファルマがメレネーたちと接触して、彼女たちは救われたのだろうか。

彼女たちの身を守っていた呪術を手放すことを、本当に受け入れてくれるのだろうか。

ファルマの出した答えは、本当に最善に近い答えだったのだろうか。

「ずっと、自分でなければ、誰かがもっとうまくやれたのではと自問自答しているのだな」

メレネーは、ファルマの内心を見透かしたかのようなまっすぐな瞳でファルマをとらえる。

「そうかもしれない」

「少なくとも、お前は私より適材で、私より全てにおいて秀でている。だからこそ、ルタレカをお前に託した」

「ありがとう。やれるだけやるよ」

ファルマはメレネーを落胆させないように、穏やかに、自信をにじませた声で返す。

「人助けはあんなに必死にできるのに、お前にとっての自分助けは難しいのだな」

メレネーは少し涙ぐんで、そっとファルマの両肩に手を置いた。

自分を顧みない生き方は簡単で、自分は死んでいると言い聞かせたらいい。

そう悲観的になることもない、空気のようなものだから。

地球の薬谷完治は生きているし、ファルマ・ド・メディシスも生きている。

そして、二人の状態は無数の可能性の中に重なり合っている。

量子力学の世界では客観的な実在は存在せず、あらゆる可能性の重ね合わせの状態にすぎないから、同時に成立しうる。

今度は、無数の可能性の中に置き去りにされようとしている、自分自身の人生を取り戻す番だ。

「お前抜きの結末など、考えるなよ」

メレネーは力強い口調でファルマにたたみかけた。

閑話　仮初めの日常

一一五二年五月十八日
午後八時を回った頃、ファルマは十六歳になったロッテと宮殿のほぼ真向かいにあるアパルトマンの三階のベランダで落ち合った。

ファルマがバルコニーから鍵のかかっていない窓を三度ノックすると、ロッテが嬉《うれ》しそうに迎え入れる。

「わあ、ファルマ様。いらっしゃいませ、こんばんは、お待ちしておりましたよ」

「こんばんは。少し遅くなってごめん」

「ちょうどお夕飯を作ったところで。もしまだでしたら、召し上がってください」

「ありがとう、じゃあごちそうになろうかな。これ、お土産」

ファルマは東岸連邦から買ってきたお菓子を渡す。

「わ、このドライフルーツ見たことないです」

「チーズに乗せて一緒に食べるとおいしいんだってさ」

「楽しみです！　メレネーさんには会えましたか」

「相変わらず。元気そうにしていたよ」

ここはファルマにとって殆《ほとん》どセカンドハウスと化しつつある、ロッテの家だ。

ロッテは十六歳の誕生日を迎え成人となったのを契機に、宮廷画家として独立した。

画家としての仕事量も増えて夜遅くまで制作に取り組むために宮殿からの帰りが遅くなったりと、ド・メディシス家での使用人としての奉公ができにくくなっていることを気にして、彼女は母親のカトリーヌと相談し、ブリュノに暇乞《いとまご》いをした。

ブランシュはロッテと離れたくないと泣いたが、ブリュノは快く彼女を送り出し、幼少時からの功労に報いて退職金も弾んだ。ロッテはブリュノの不器用な思いやりを嬉しく思ったようだ。

ファルマはブランシュと同様、ロッテの独立を喜びながらも少しは寂しく感じたが、いつまでもド・メディシス家の使用人の立場でいないほうが彼女の将来のためにもよいだろうと慮《おもんぱか》った。

ロッテの異世界薬局での勤務は決まった曜日だけで、あとは宮廷画家として宮殿のアトリエとを往復する毎日だ。防犯のこともあり、毎日の通勤にも便利だということで、宮殿にほど近いアパルトマンを借りている。

宮殿の衛兵の警備範囲の目と鼻の先にロッテの家があるので、宮殿の警備ついでにロッテも警備をしてもらっている感覚だ。おかげで、通勤時には一度も危ない目に遭ったことがないという。

最高の物件を確保した彼女だが、物件探しには少し苦労した。帝都には新築物件はほぼなく、歴史的価値を重んじる帝国の国民性からか、築数百年の歴史ある建物が立ち並び、世界中から帝都を目指して集まる人々の需要によって慢性的な賃貸物件不足に陥っていた。それに、女性の一人暮らしなので一応の防犯もかねてフロアごと借りたいという希望もあった。

色々と苛烈《かれつ》な住宅事情の中、該当物件ゼロで窮していたところ、たまたま親しい宮廷画家が一等地のアパルトマンからフロアごと引っ越したので、大家に話を通してロッテに快く譲ってくれることになった。

フロアをまるごとリノベーションした結果、漆喰《しっくい》の白い壁に、ロッテの髪色にそろえたサーモンピンクの壁紙の対比が目に鮮やかだ。壁には、ロッテの作品であるウォールアートや、デザインを手がけたステンドグラスが並び、そろそろ小さな美術館ができそうだな、とファルマは思う。

使用人としての生活では叶《かな》わなかった念願の一人暮らしで、彼女なりに手に入れた自由を謳歌《おうか》しているようにも見えた。

ロッテは独立したが、母のカトリーヌは引き続き上級使用人としてド・メディシス家に残ったので、ロッテも月二度ほどの頻度で母を訪ねてド・メディシス家に里帰りなどをしており、会う機会もそうは減らなかった。

住処《すみか》が離れたのでファルマとは少し疎遠になるかと思いきや、何かと理由をつけてはこまごまと家に招かれて、ファルマはなんだかんだでロッテの新居によく通っている。ファルマが宮殿に出勤した後は、ロッテの家へと足を延ばすのが習慣となりつつあった。

ファルマとロッテは同居家族から同年代の親友へと環境が変わり、同居していたときよりも少し距離を置くことで良好な関係を保っていた。

ファルマがロッテの家に通うときは、いつも飛翔《ひしょう》を使ってバルコニーから入る。

というのも、ファルマは帝都では以前にもまして名声を博していたので、外を出歩いていると何かと人に囲まれるからだ。たいていは単なるファンや健康相談を持ちかけてくる人々だが、ファルマが莫大《ばくだい》な富を持っていることは周知の事実なので、彼を誘拐して身代金を要求したり、単純に金の無心をしようとする者もたまにいる。

これらのならず者を退けるためにぞろぞろと護衛を引き連れて歩くのも億劫《おっくう》で、最近の移動はもっぱら、神力を消費せず跳躍に近い飛翔に頼っていた。うまく闇に紛れれば、そうそう人に目撃されることはない。

数年前までは、少し人気《ひとけ》のない路地を歩くと神官に襲撃されるのが悩みの種であったものだが、いちいち神脈を封鎖して追放しているうちに、噂《うわさ》が広まったのか自然と狙われなくなった。

夜分に年頃の女の子の家に年頃の男が通っていいのだろうかとは思いながらも、何もやましいことはないのだしと考え直して、ロッテの家にお邪魔する。

ロッテのことは「神籍に入ったから」という理由で四年前にはっきりと振っているので、お互いに困るような関係にはならない。

しかし、心はすれ違ってはいても、なんとなくお互いの存在が近くにあることをお互いが心地よく思っている。

今日のロッテは薄い空色のドレスに、新しく買ったらしいフリルのついたエプロンをつけている。使用人服ではない彼女の毎日の私服を見ると、ファルマは新鮮に感じられた。

ロッテは以前の天真爛漫《てんしんらんまん》なあどけなさを残したまま、少し大人びた表情も時折見せる。

ファルマは彼女の今後の幸せを願いながら、ロッテの手料理の盛り付けや配膳を手伝う。

この四年でファルマ自身の手料理の腕も上がっているが、料理が趣味だというロッテにはかなわない。

「今日はカラフル野菜のテリーヌとビシソワーズ、トマトのファルシーなんですよー」

「二時間前に帰ってきたのに、もうそんなにできたの!?」

「えへへ、手際がいいと言っていただかないと！　ファルマ様をお誘いしたので、がんばっちゃいました」

今にも歌いだしそうな弾んだ声でロッテが答える。

「手際も要領もいいし、さすがだよ。今日は他に誰か来るの？」

「え？　二人分ですよ？」

二人分って五人分のことなんだっけ、とファルマが思っているうちに、鮮やかでセンスのよい、目にも楽しい料理がこれでもかと食卓に並ぶ。

「ロッテは本当に料理がうまいよね。ごめんね、いつも食べるだけで」

「えへへ、キッチンが素敵なので、ついつい料理にも凝ってしまって！　あ、でも、いつもお皿を洗ってくださるの、気にしなくていいんですよ。恐れ多くも帝都の人々の信仰を集める薬神様を家に呼び出してそんなことをさせているなんてバレたら、明日にでも家に火をつけられてしまいます。なんなら火炎瓶とか飛んできますよ」

「そんなおおげさな……いや、あったな、そういうこと」

ロッテはこうして子犬のようにファルマになついては、ファルマの立場を思い出して時折恐縮してしまうようだ。

それでもファルマと親しくしたい、できるだけ時間を共有したいという気持ちは変わらないらしく、「好き」と「でもだめ」の気持ちがバランスをとれず鬩《せめ》ぎあっているようでもあった。

ロッテがしゅんとなっているので、ファルマはわざと明るく話題を振った。

「じゃあ今度、お返しに薬局でカリーをふるまうから。ロッテだけじゃない、みんなにだよ」

「わ、それでしたら楽しみです！」

ロッテも成人し、年頃なので縁談なども舞い込んでくる。

平民でありながら宮廷画家という申し分ないステータス、使用人出身で行儀が行き届いており、教養もあり、さらに見目麗しいとあれば、実業家や豪商を中心に結婚したいという若者は後をたたない。

だが、ロッテはのらりくらりと「いい人がいたら！」と言って求婚をかわしており、カトリーヌも縁談を取り合わないようだ。

だから、彼らとの出会いの邪魔にならないようにあまりロッテと距離を詰めないほうがいいのかもしれないな、とファルマは考えていた。それでも、気がつけば彼女に会いたいと思ってしまう。

ファルマは自分の内心を持て余している。


食事を終えると、ロッテとファルマはラジオを聴きながら二人で並んで夜景を眺める。

大通りに面した大きな窓からは、壮麗な夜の宮殿の中庭が見え、衛兵たちが頻繁に巡回している。

「この時間にファルマ様とまったりしているの、夢みたいで」

「最近は休日には働かないようにしているから、時間的な余裕も増えたよ」

このところのファルマは多忙でいることをやめてスケジュールをあけ、自分の人生を振り返る時間としてあてている。そうでなければ、何より自分自身が後悔するような気がしたからだ。

「帝都も大陸も、どこにいってもすっかり悪霊が出なくなって、夜の眺めもいいなと思うようになりました。いつまでもこんな日々が続けばいいのにと思います」

「そうだね。もう悪霊は出ないといいんだけど」

この安寧が、果たして自分が去ったあとも続くのだろうか。

人々は死に続けるし、この世界の人々の無念や悪意はこの地に募る。墓守が記録し続けるこの世界の情報は、ただ時間の経過とともに増えてゆく。

いつまで降り積もったら、負の思いは消えるのだろう。

彼女たちの未来のため、ファルマはそれだけが心配だ。

「きっと大丈夫ですよ！」

少し声のトーンが低くなったからか、ロッテが元気づけるように明るい声を出す。

いつもそうだ。彼女は太陽のようで、闇を抱えたファルマの心に光をくれる。

どちらが守護神なんだろうな、と思ったことも一度や二度ではない。

神官や学者のように何もかもは知らなくて、かといって何も知らないわけではない。

ロッテと共に過ごす時間は、ファルマの救いとなっていた。

「ファルマ様が大陸を守っておられるからですね」

違う、そうじゃない。

自分は何も守れていない、誰一人、自分すらも。

ファルマは心の中で否定する。それでも、弱みは見せられない。

「最近は悪霊が出ないから、そんなに介入していないよ。主には神官やマイラカ族のおかげだよ。悪霊が出ないだけで穏やかな気持ちになれるのかもね」

「夜になったら慌てて寝なきゃと思っていたんですが、最近はそんな恐怖もなくなりました。夜が好きになりました。創作意欲がわいてくるので」

ロッテは、静かな夜間にデザイン案をまとめることが多いという。ロッテの作品群は今、青系の落ち着いた配色を多用する『青の時代』を迎えていた。

芸術家としての彼女の成長を喜びながら、ファルマは体調を気遣う。

「夜更かしはしないようにね」

「もちろんです、夜十時には寝ていますよ！」

なんなら彼女は、ド・メディシス家にいたときより健康的だと言った。

そうだったな、彼女は自身を毀損《きそん》しない、とファルマは苦笑する。

ファルマはそういえばと思い出して、恥ずかしさを隠しながらロッテを誘ってみる。

「あのね、映画のチケットがあるんだけど、二枚だけとれたんだ。明後日《あさって》の夕方、何か予定ある？」

「ないです！」

「それはよかった。なら、一緒にどうかな？」

「ありがとうございます、ご一緒したいです。でも、どうして映画のチケットがあるんですか？映画館のチケットなんて人気で倍率が高いんですよ？」

ロッテはなぜ手に入ったのかと驚いている。

今年の春から販売され始めた映画館のチケットは枚数制限があり抽選制で、さらに一日の上映回数が二回と少ないため、どんなに手に入れたいと思ってもかなわない者が多かった。

それを二枚も手に入れているというのは、ロッテにとっては驚愕《きょうがく》なのだろう。

「帝都初の映画館の筆頭出資者だからね。映画館に定期的に顔を出さないといけないんだよ」

「つ、強い……。ファルマ様って、薬局の経営者で大学教授で宮廷薬師でおまけに守護神様で、それだけでも役職が多すぎるのに、さらに映画館のオーナーなんですか？」

「そうだね」

ファルマの元には買い求めるまでもなく毎月のようにチケットが送られてくるが、それは映画館の様子を見に来いという、映画館長からのプレッシャーだ。映画監督たちからは、ファルマ自身を題材に映画を撮りたいと出演のオファーを受けていたが、ことごとく断っていた。

(黒死病パンデミックものを撮りたいんだろうな……)

映画の出来が良ければ盛り上がるだろうし、なんとなく本人にオファーしたい気持ちも分かるが、ただの薬師に演技力を期待しないでほしいし、映画スターになっている場合でもない。映像で講義録を残してもらえればそれで満足だ。

「内容は、パティシエの立身出世ものなんだけど」

「何ですかそれ、めっちゃ面白そうです。借金だらけで首が回らなくなり、食うや食わずの若者が道で行き倒れていたところ、ふと傍《そば》を通りかかった優しい女王様に拾われて城の下働きをしていたが、菓子作りの腕を認められて世間を席巻していくとかならなお面白いんですが、もしかしてそういうお話ですか？」

やたら詳しいあたり、ロッテは原作を読んでいるに違いなかった。

「それだよ」

ロッテは映画館に連れていってもらえると知って満面の笑みを浮かべていたが、はっと何かに気付いて肩をすくめる。

「やっぱり『幸せの小箱』だったんですね。でもいいんですか？　そんな貴重なチケットなのに、ブランシュ様やエレオノール様をお先に誘わなくて」

元使用人という立場をわきまえてか、ロッテは二人にも気を回す。

「一回の上映でもらえるチケットが二枚ずつだから、彼女らとは別の映画に行くよ。この内容、あの二人が興味あると思う？」

「あー、ちょっとお好みが違う感じですね。分かります、微妙なラインでご趣味と違います。それならば、私めが喜んでお供します！」

エレンは恋愛ものが好きだし、ブランシュは喜劇が好きだ。それは普段、彼女らが読む小説本などを見ていると分からないこともない。

地球での世界初の映画作品は、『リュミエール工場の出口』という、一分にも満たない記録映像、無声映画だったようだ。

しかし、ファルマはせっかく異世界で足を運ぶのなら、秒で終わる作品よりもそれなりに長いものを見たいと思って、技術局にいきなりサウンドシネマの技術を登録していた。

このため、帝都は新技術の発表に沸きたち、映画スタジオが新しく設立されて映画作品の制作が始まり、巨大エンタメ産業が生まれつつあった。

その熱気を、ファルマは好ましく思いながらも少し遠巻きに見ていた。

◆

翌々日の夜、ファルマは約束どおり帝都初の映画館にロッテと訪れていた。

新築の映画館は城を模した絢爛《けんらん》豪華な内装で、席数が少ないということもあって、庶民の娯楽というにはまだ敷居が高い。

彼は特等席のチケットを持っていたので、二階に設けられた専用ブースに案内される。

ロッテが原作を読み込んでいた例の映画は、いわゆるトーキーと呼ばれる発声映画で、およそ三十分間の上映を楽しんだ。

ロッテが感動で涙を拭きながら、感想を述べる。そんな泣くところがあったかなとファルマは思うが、多感なロッテには満足のいく内容だったのだろう。やはり感受性豊かなロッテと一緒に来て正解だったとファルマは思う。それでまたインスピレーションを得て、創作に取り組んでくれたらいい。

「演劇と違って、スクリーンの画面が大きいから俳優の動きや表情がよく見えますし、音声や音楽もついていると盛り上がりますね。ストーリーも見ごたえ十分でした。シナリオは原作に沿って作られていましたよ。なんだか新しい娯楽って感じがします！　それにしても、写真機からまさか数年で発声映画にまで発展するとは思いませんでした。ぼやぼやしていると、技術の進歩から取り残されてしまいます」

「そ、そうだね……」

（ちょっと時代を先取りしすぎたかな……）

ロッテがやたら感心しているので、ファルマは罪悪感も手伝って視線をそらす。

「この劇場、消火器と書いた設備がたくさんあるのはなぜですか？」

「映写機の構造上仕方ないことなんだけど、火災が起こりやすいんだ」

「怖いこと言わないでくださいよう」

先月の試写会でも、フィルムが摩擦熱で炎上してしまったという。幸いぼやで食い止められたようだが、消火設備は必須だ。

技術的な課題はまだ多く残っているが、少しずつ改良を加えて娯楽の一つになればいい。

「夜の映画館、素敵でした。また連れてきてくださいね」

「そうだね、またロッテの好きそうなチケットが手に入ったら」

あまり先の約束はしないようにするが、もう一度ぐらいは叶えられそうだ。

二話　華燭《かしょく》

一一五二年六月二十日。

ファルマとエレン、ロッテはクラシカルな正装で、いつもと違ったにぎわいを見せる帝都神殿へと馬車を乗り付けた。

バラの花で飾られた神殿入り口の案内板には、エメリッヒ・バウアーとジョセフィーヌ・バリエの結婚式と書いてある。

「お天気がよくてよかったですね。空もお二人を祝福しているかのようですよ」

ロッテが嬉《うれ》しそうにはしゃぎ、ファルマに告げる。

「そうだね」

ちょうど挙式時に雨が降りそうだったので、天気に恵まれず幸先が悪くてはいけないと気をまわしたファルマが周囲の天候を変えておいた。

「まさかこの二人が結婚するとはね……。感慨深いものがあるわ」

彼らの指導教官でもあったエレンは、感動して涙ぐんでいる。

「ここに漕《こ》ぎつけるまで大変だったよね」

ファルマは、彼らの歩んできた道のりを思い出す。

「そうね。艱難辛苦《かんなんしんく》の末に結ばれたのよね。駆け落ちにならなくてよかったわ」

「両家のご両親も出席してくださるようでよかった。そのうち、ご両親とも和解できるといいんだけどね」

彼らは同じ研究室で時間を重ねるうち、どちらからということもなく自然とよきパートナーとして一緒になろうという話になっていたようだ。

四年前には「他人と暮らすのが嫌い。結婚は全く考えていない」と話していたジョセフィーヌだが、その気持ちも少しずつ変わったらしい。ラボメイトとして朝から晩まで一緒だったので、相手の良いところも悪いところも見えて、彼となら一緒に暮らしていけると心が決まったらしい。

二人が医薬大卒業と博士課程一年生になったタイミングで、入籍する計画を立てていた。

二人の婚約の意向を聞いたときには、ファルマもエレンも驚いたものだ。

本人たちがそう言っていても、貴族社会においては両親の同意と結婚証明書への署名は必須だ。

二人がジョセフィーヌの両親に結婚の許しをもらうまでが大変だった。

エメリッヒはこれまでの功績により個人でサン・フルーヴ帝国の男爵位を持っており、なおかつ元をたどればスパイン王国の大貴族という歴史ある家柄であって、メザリアンスとよばれる身分違いの結婚でもなく身分もつりあうものではあったが、エメリッヒの遺伝病のことでジョセフィーヌの親族からの反対にあった。

エメリッヒには弟妹が五人もいるが、父親は既に遺伝病によって亡くなっていたし、母親は行方知れず。エメリッヒとジョセフィーヌの間に子孫は必要だが、遺伝病の子では困る、というのだ。

これにはファルマも驚いて説得に入ったが、貴族社会での立ち回りを重視するジョセフィーヌの両親の反対は根強く、一筋縄ではいかなかった。

両親からは致死性家族性不眠症に対する治療法と、子孫に遺伝しない方法を打ち立てたなら結婚を認める、という条件を突き付けられ、話し合いは平行線をたどった。

致死性家族性不眠症は、常染色体顕性遺伝病だ。両親から受け継いだ常染色体の遺伝子のうちどちらかが正常でも、片方に異常があれば五〇％の確率で遺伝する。一回の妊娠において、子供が致死性家族性不眠症を発症する確率も五〇％だ。

子孫に遺伝する可能性があり、治療は可能であったとしても、子が発症した場合は治療には大きな負担を伴う。さらに、それは彼らの孫にも遺伝する。

エメリッヒは、人工授精で胚盤胞まで培養した受精卵の着床前診断を行いＰｒＰ遺伝子の変異の有無を選別して、染色体異常を持つ子の出生率を下げることができると気付いた。

ファルマは診眼を使えば遺伝子異常を持つ胚を回避することは簡単だったが、今後の遺伝子技術の波及を考慮して、遺伝子検査での診断方法を確立するよう促した。

検討を重ねている間に、ジョセフィーヌは両親の画策により、外国貴族に誘拐されてしまった。もとより男性が女性を誘拐して強引に結婚してしまう誘拐婚の因習があったのだが、聖帝エリザベスの法整備により、多くの国で両性の合意のない結婚は無効となり、神殿は二者の合意のない婚姻を認めないとされていた。それで、まだ法の適用されていない外国に拉致されてしまったのだ。

エメリッヒから話を聞いたファルマが、一晩で見つけて彼女を救出してきた。大神殿の諜報《ちょうほう》ネットワークを使えるファルマが、ジョセフィーヌを探しだすのは造作もない。

ジョセフィーヌの両親が外国貴族と結託して誘拐婚を企てたことを黙っておく代わりに、「二人の結婚を検討する」という言葉を引き出した。

そしてほどなく、エメリッヒは致死性家族性不眠症を克服する方法を自力で見出《みいだ》した。

彼が最初に言っていたように、異常のあるプリオンを分解する遺伝子治療ユニットを脳神経細胞の特定の場所に組み込む遺伝子治療ウイルスを作成し、細胞実験、動物実験での検討において成功をおさめた。

発症の兆候がみられたら、それを自身に投与すればいい。

安全性に不安はあるが治療のめどがたち、ジョセフィーヌの両親らも一転、結婚を認めた。

サン・フルーヴ帝国における結婚式は、宗教的側面を大切にする場合は神殿、宗教色を出したくない場合はシビルウェディングとして市庁舎、裁判所で行うことができる。

二人は敢《あ》えて希望して、神殿での挙式を選んだ。その理由を、ファルマははっきりとは教えてもらっていない。

かつて呪われた血族と忌まれていたエメリッヒが悲壮な運命と試練を克服したと先祖や守護神に報告したかったからかもしれないし、彼らがことさらに結婚を急いだのは、まだ確実にファルマがこの世にいるうちにと考えたからかもしれない。

ファルマは二人のそんな思いも汲《く》んだ。

ファルマとしても、せっかくなら教え子が幸せになるところを目に収めてもおきたかった。

定刻より随分早く着いたので、ファルマたちは神殿の控室で新郎のエメリッヒに会うことができた。ジョセフィーヌの装いも気になるが、新婦のドレスは誰も当日まで見ることができないのだそうだ。

ファルマはそわそわとした様子のエメリッヒに声をかける。

「今日はおめでとう。スーツがよく似合ってるよ」

エメリッヒは新郎らしい純白の正装に身を包んでいた。いつもは研究室で白衣を羽織ってざっくりと飾らない格好をしているが、今日の晴れ舞台ではばっちりと決めている。

エメリッヒの傍《そば》にはカメラマンが一人帯同されていた。最近のサン・フルーヴの結婚式では、ファルマのもたらした写真技術の普及により、ウェディングフォトを撮るのが流行《はや》っている。ウェディングフォトをまとめたアルバムなども作るそうだから、どの世界もやることは同じだな、とファルマは文化の収斂《しゅうれん》に感心したものだ。

「ありがとうございます。今日この日を迎えられたのは教授のおかげです。エレオノール先生も」

「色々あったけど、君自身の努力の比率がとても大きいよ」

それはファルマの本心でもある。エレンも横で頷《うなず》いている。

「とんでもないことです……。時々、思い出すんです。私が入学したとき、教授が引き留めてくださらなければ、私も家族も今はどうなっていたか分かりません。妻に会うこともなかったでしょうし、ゆくゆくは私の命もありませんでした」

(ジョセフィーヌさんとのことか。感慨深いな)

思えば、ファルマにとってエメリッヒとの出会いは印象的だった。

ファルマは運命のようなものを信じてはいない。難病を患った人たちが、助けを求めてファルマの周りに集まってくるのは自然なことだ。

それでも、彼との出会いは殊《こと》に、縁のようなものを感じる数奇なものだった。

着任早々、いきなり敵意満々で挑発されて、退学届けを叩《たた》きつけられ、試合を申し込まれたのには驚いたものだ。ファルマが大人げもなく試合を受けて大学の設備を破壊して、莫大《ばくだい》な修理費が発生し、その修理費をまるごとかぶる羽目になったのもいい思い出だ。あれだけの予算があれば、他になにか有意義なことができていたに違いない。

「あのとき、黙って退学せず最後に一発、教員をぶちのめそうと思ってよかったよね」

皮肉でも何でもなく、ファルマはそう思っていた。

「まったく、とんだ失礼を……でも、結果的には最善のものとなりました」

「あなた、退学させろって乗り込んできたものね。入学早々に何事かとびっくりしたわよ」

エレンも思い出し笑いをこらえきれず、泣き笑いのようになっていた。

ロッテたちも口々に祝福の言葉を述べ、祝儀を渡していた。

サン・フルーヴには日本のようにご祝儀を包むというものがなく、リスト・ドゥ・マリアージュという、現代風に言うと『ほしいものリスト』が事前に提示される。

贈る人は、予算に合わせてプレゼントする品を選んで贈るという仕組みだ。高額商品が残ってしまった場合も、複数人で購入することもできる。

エレンは『お皿』という項目を見つけて有名窯の銘品のカトラリーを、ロッテは『絵画』という項目を選んだらしく、エメリッヒとジョセフィーヌをモデルにした華やかな印象画を贈っていた。

ファルマは『筆記用具』という項目を選んで、豪華な装飾のついたボールペンをペアで贈った。

ボールペンは、重要な契約書類にインクのしみを作って書き損じ、書き直しになってしまったファルマが恨めしく思って、技術局に最近登録したものだ。

「すごい！　これ、世界で教授しか使っているの見たことないやつです」

「世界で二本目と三本目だよ。インクも充填《じゅうてん》できるようになっているから」

「嬉しいです、妻と実験ノートの記載時に使います」

「それがいいね。書いた直後にこすっても水をかけてもにじまないから」

「ありがとうございます！」

エメリッヒは実用的なものをもらったからか、素直に喜んでいた。

ファルマはその様子を見届けて、懐から厳封した手紙を手渡す。

「それから、これはお祝いとは別なんだけど、実は君に渡そうと思っていた手紙がある。重大な内容だから、あとで読んでもいいよ」

「はい……分かりました。気になるので今拝読しますね」

エメリッヒは緊張しながら開封して、ファルマからの手紙に目を通す。

ファルマがエメリッヒに送ったのは、エメリッヒ自身の致死性家族性遺伝病の治療記録だ。

「まさか、これは……」

ファルマは、エメリッヒが自力で難病の治療法を見つけられなかった場合、ファルマがこの世界にいなくなるというケースに備えて、先手を打っていた。

彼は既に、エメリッヒに気付かれないように遺伝子治療を施していたのだった。

「教授が神術で治してくださっていたのですか……」

「君の意思は知っていた。自力で治すだろうとも信じていたけど、確実な手を打っておきたかったんだ」

「全然気付きませんでした……いつだったんですか」

エメリッヒはいつ治療されたのかと動揺している。

「治療を施したのは、一一四七年かな。徹夜明けで研究室のソファで転がっていたときだったからね。気付くわけがないよ」

「えーっ……そうだったのですね」

エメリッヒには治療への強い意思があって、ファルマは安全な治療法を提供できた。

倫理的に間違っていても、安全性をとった。

エメリッヒは悔しそうにぐっと唇をかみしめる。

「……教授、薬師としてはあるまじき行為ですね。患者の意思決定の権利を奪うのは重大な医療法違反行為であり、患者の人権を踏みにじる暴挙です。あなたが教えてくださったことですが」

エメリッヒは糾弾するようにファルマに向き直る。

「そうだね。手が後ろに回るかな」

「……ですが、生殖系列まで修復してくださったなら、これ以上の結果はありえないでしょう。私がさっさと完成させなかったから……今にも発症しないか、きっと見るに見かねてだったんですよね。不本意ではありますが、本当にありがとうございました」

「不誠実なことをして悪かったと思ってるよ」

顛末《てんまつ》を聞いたあとエメリッヒは、安堵《あんど》とも落胆ともつかない大きなため息をついた。

達成感は半減したが、ファルマの気持ちも汲んでくれたのだろう。

「私だけ治さないでください、治療法の開発には手を貸さないでくださいと申し上げたのは、私のわがままでしたから。もし何年もたついているようなら、教授が黙っておかないだろうなとは思っていました。それでも、遺憾ではありますが」

「いや、それも君自身の意思決定だよ。それに、君が開発した治療法は無駄にはならない」

「あなたのしたことで、他の人が助かるわ」

エレンがそう助言する。ファルマもエレンも、彼とジョセフィーヌの血のにじむような努力を知っている。

エメリッヒはしばらく考えこんでいたが、最終的には自分を納得させたようだ。

「そうですね。意味がなかったわけではないですね。教授の治療法は高度な神術を使うので、平民には使えないし、後世に残りませんからね。私が開発した方法なら、この先いつでも、平民でも誰でも使えます。この技術は次の人のために生かすことにしましょう」

「そうしてほしい、薬師として君が正しいよ」

「妻も、妻の家族も、もちろん私の弟妹たちも喜んでくれると思います」


時間となり、ファルマたち参列者も帝都の守護神殿内のもっとも大きな儀式用聖堂に移動して、神殿式の結婚式が執り行われた。

結婚式は市民の礼拝の邪魔にならないよう、神殿の一角のみ借り切りになる。

夫婦となる者はまず、役所に行って出生証明書を提出し、親族の許諾の有無の記載欄を含む婚姻証書を作成して身分吏《みぶんり》に結婚をする旨を伝え、八日間結婚予告の告示を行ってもらう。新郎新婦はこの日のために、数か月前から神官長の結婚講座を受けていたはずだ。

司式者は、帝都神殿神官長のコームだ。一時はファルマと敵対していた彼もすっかり丸くなって、街の顔役となっている。

新婦側の参列者の中にナタリー・ブロンデルを見つけて、ファルマは会釈をする。

四年半前、膠芽腫《こうがしゅ》を摘出したナタリー・ブロンデルは、再発なく日常生活を送っている。彼女もまた一級薬師として免許を取得し、母にして宮廷薬師のフランソワーズの顧客を引き継ぎ、自宅で開業する見込みだ。

ナタリー・ブロンデルの隣には、ジョセフィーヌの親友であるステファニー・バルベも座っている。彼女もまた、無事に一級薬師を取得することができた。

ファルマの秘書ゾエ、教員らの大学関係者、学友たち、エメリッヒの弟妹たちの姿も見える。遠い親族ということでロッテは親族席に座っていた。ジョセフィーヌの獣医仲間も駆けつけている。

先にエメリッヒが聖堂入り口から入堂し、彼に続いて入堂したジョセフィーヌは真珠とダイヤのあしらわれた純白のシルクサテンのドレスに身を包んでいた。ドレスの後ろには大きな扇状の長いトレーンを引いた意匠になっている。

長いレースのベールをダウンして、少し涙ぐんだ父親にエスコートしてもらっている。

ウェディングドレスの歴史にも変遷があり、かつてはサン・フルーヴでも白だけではなく様々な色が着られており、赤は人気が高かった。

地球においては、十九世紀の大英帝国ヴィクトリア女王が白いウェディングドレスに白いベールというスタイルだったことで、以降は白が主流になったとされる。

この世界において、ウェディングドレスに白を流行らせたのは、かつての皇帝エリザベート二世だった。彼女は同時に、黒い喪服も流行らせた実績がある。

ジョセフィーヌの表情が少し硬いのは、緊張でガチガチになっているからだろう。

ファルマは彼女がゆっくりと自席の横を通り過ぎてゆくのを、複雑な思いで見送った。

数日前に研究室で進捗《しんちょく》報告を聞きがてら彼女と雑談したときには、新居の準備で疲れた様子でもあったが、結婚生活を心待ちにしていると言っていた。

ジョセフィーヌはブランクなく研究に専念したいという気持ちは変わらず、自身のキャリアを大切にしたいという思いをエメリッヒとよく話し合ったようだ。

結婚後も女性が仕事を続けるというキャリアプランやロールモデルが存在しなかったこの世界において、クロエとともにかつて失業した既婚の女性薬師ばかりを雇い入れ、柔軟な働き方を提示し異世界薬局二号店であるメディークの例をみてきたファルマは、夫婦のどちらもが我慢したり諦めたりすることなく、自己実現の一環としてのキャリアを積み重ねてゆくことの意義を、時間をかけて夫婦に説いた。

エメリッヒもジョセフィーヌと切磋琢磨《せっさたくま》してゆくことを望んでおり、そのための家庭の負担は平等となるように配慮すると話していたことから、理想的な研究者夫婦になりそうだ。

コームによる聖典朗読後、参列者全員でのアンセムの歌唱と続く。アンセムはパイプオルガンの伴奏で、荘厳な響きが堂内に広がる。

「それでは、誓いの言葉を」

貴族同士の結婚では、新郎と新婦の守護神が異なる場合、それぞれの守護神に対する誓約となる。

エメリッヒは薬神に、ジョセフィーヌは風神に、力強く誓いを立てた。

コームがちらりとファルマのほうに視線をくれたが、ファルマは敢えて気付かないふりをした。

二人の大切なセレモニーなので、ファルマは何も目立ったことはしない。

次に、定番の結婚指輪の交換を行う。

新郎から新婦には金の指輪を、新婦から新郎には銀の指輪を贈るのが一般的だ。ジョセフィーヌと親交のあったメロディ尊爵が指輪を作ってくれたそうで、デザインはシンプルなものだ。

この指輪をうまくはめることができないと結婚生活に暗雲がたちこめるとの言い伝えがあり、二人は緊張しながらもスムーズに通していた。指輪は結婚を証明するもので、生涯外してはならない。

ベールアップをしてウェディングキスをするのかと思いきや、しないのでファルマはじれったく思う。

コームからの祝福と説教を受けたあと、夫婦は署名室で神殿原簿にサインをし、ファルマも証人としてサインをする。

神殿の教義では基本的に離婚は認められていないが、それはそれとして、大切な教え子たちが不仲にならないことを祈るファルマであった。


退堂後の祝福の鐘は三度鳴らされる。

一回目は新郎新婦自身のために、二回目は両親のために、三回目は参列者のためにだ。

真っ赤なバラのフラワーシャワーを浴びながら神殿から退堂し、ジョセフィーヌは幸せそうにエメリッヒに寄り添って記念写真を撮ってもらっている。

エメリッヒの弟妹たちも、ジョセフィーヌの両親と何か言葉を交わしている。両親とのわだかまりはそのうち解けてゆくといい。

大学関係者で一枚ということで、ファルマも集合写真に加わった。ファルマも二人のウェディングアルバムに加わるのだろう。

ちゆの結婚式や披露宴もこんなふうだったんだろうか、とほろ苦い感情を胸の内にしまいながら、ファルマは幸せそうな二人を目に収めほほえましく思う。

「ジョセフィーヌさん、ご結婚おめでとう」

ファルマはこの日初めて、ジョセフィーヌと言葉を交わす。純白のドレスを纏《まと》い、ティアラをつけた彼女は、今日は一段と輝いて見える。

「教授、本当に色々とありがとうございました。たくさん相談にも乗っていただいて」

「幸せな一日になってよかったね」

「これからもご指導お願いいたしますね」

「それはもちろん。でも、しばらくは新婚旅行に行ってゆっくりしておいでよ」

サン・フルーヴ帝国貴族は、結婚後一か月ほど、家事をせず働かずに結婚式に来ることのできなかった縁戚のもとを訪れる旅をするという習慣がある。

「お言葉に甘えて。お土産買ってきます！　二週間ほどお休みをいただいてよろしいですか」

「そんなに早く帰ってこようと思わなくていいよ。必要な実験は私がやっておくから」

「ありがとうございます！」

祝福も一通り終わったところで、未婚の女性が集められてブーケトスが行われていた。

ファルマは少し離れたところから、割と必死にキャッチしようとしているエレンとロッテを微笑《ほほえ》ましく見つめる。

この世界にもブーケトスがあるのかと思っていたが、以前は花嫁が身につけているものは縁起物だとして、神殿から出るなりベールやらアクセサリーやら取られそうになるので、ブーケをあげてしまおうという話になった点は、地球の歴史とよく似ている。

「取れたー！」

歓声とともにブーケを獲得したのは、エレンだった。ヒールのある靴を脱いで参加しているところをみると、かなりガチな競争だったと思われる。

「すごい、あれだけ女性の貴族客がいたのに取れたの？」

ファルマが尋ねると、エレンは一仕事終えたような顔をしていた。

「そりゃもう、私を誰だと思ってるのよ、体幹の鍛え方と瞬発力が違うんだから。大学関係者にだって負けるわけにはいかないわ」

「エレオノール様、さすがでした。私も結構頑張ったんですが」

ロッテは身長とジャンプ力の差で、エレンに完敗を喫していた。

「取ってはみたものの、縁起にあやかれるかしら」

エレンはブーケを持ってポーズをとりながら、一人でつっこんでいた。

「素敵だったわね、ジョセフィーヌさん」

「はい！　もともときれいですが！　今日はとても幸せそうなお顔をしておられて。結婚かあ……いいものですねえ。結婚式に参列すると、結婚したいなって気持ちが高まります」

このたびの結婚をもって、ロッテとジョセフィーヌは遠い親戚になる。

おめでたい席なので笑顔は絶やさないが、ロッテの声はしんみりとして少し切なげでもあった。うつむき加減になったロッテの背中を、エレンが励ますように優しくぽんと叩く。

「あるあるよね。花嫁さんを自分に置き換えてしまうんでしょ！」

「えっ、私はそんな具体的には！　だ、だいたい夫となる人の想像もつきませんし、私は平民なので、こんな豪華なお式にはならないですし」

ロッテは顔を真っ赤にして照れている。

「ロッテちゃん、彼氏いるの？」

「んっ、全然いないです。いないんですが、ゆくゆくはきれいなドレス着たいなとか、色々。あ、でもドレスは母が作ってくれるって言ってました」

友人の結婚式やブライダルフェアに参加しているとだんだん結婚したくなるというあれかな、とファルマは耳をそばだてている。

「ロッテちゃん、今日は朝までパーティーよ。踊り明かすでしょ？」

サン・フルーヴ帝国では披露宴は夜通し行われ、挙式から解散までほぼまる一日費やす。眠気との闘い、体力のいるパーティーなので、年配の参加者は途中で抜ける。

「はい！　ダンスも練習していますので披露するときですね！」

「いい人に会えるかもよ！」

「そうだといいんですけど」

「クロカンブッシュも食べなきゃ」

「あれ、すごく楽しみです！　いただくのは初めてです」

「飴《あめ》細工のパリパリがおいしいのよね」

結婚式場というものはまだ存在せず、披露宴は神殿にほど近い新しいレストランで行われる。

最初にふるまわれる料理は立食式のブッフェ形式で、手でつまめるアペタイザーやドリンクをいただく。ファルマも参列者たちと話し込んだり、会話を楽しんだ。

披露宴には高砂のようなものはなく、エメリッヒとジョセフィーヌもゲストのところを回って話に花を咲かせる。

立食パーティーが終わった後、そこから着席して、二、三時間かけて本格的なディナーとなり、余興などを見ながらゆっくりゆっくりと食事をする。

ディナーが終わると、伝統行事として新郎新婦が最初に社交ダンスを披露する。絵になる新郎新婦が、実に優雅に、なおかつ情熱的に踊りを披露してみせる。

「やだ、二人ともダンスうますぎ。もっと練習してくればよかった」

自身もかなりの腕前のエレンがひそかに感心している。

その後、ゲストも交えて参加者全員が総当たりで一通り踊るまで続く社交ダンスが始まる。

宴もたけなわというところで、ダンスフロアにピエスモンテの一つであるクロカンブッシュが運び込まれてくる。側面には、カスタードクリームを入れた小さなシューが、煮詰めた飴で接着されている。

クロカンブッシュは、サン・フルーヴ帝国の結婚式の際にウェディングケーキとしてよくふるまわれる伝統的な祝い菓子だ。シューは子孫繁栄と豊穣《ほうじょう》を表しているという。

このシューを割りながら外して、新郎新婦が踊り疲れた列席者に配る。

ロッテほか、エメリッヒの妹たちはしれっと三回ほどおかわりに行っていた。甘党一族なのは相変わらずである。

レストランの中庭に設置されたシャンパンタワーのようなものも豪勢にふるまわれた。

(今日は少しだけなら飲んでもいいかなあ)

ファルマはこちらの世界に来て以来、久しぶりのアルコールを解禁して嗜《たしな》むことにした。

宴は朝まで続いて、ファルマは少し飲みすぎて休憩室に運ばれ、翌朝起こされるまで寝てしまっていた。生前と同じだけの酒量をいきなり飲んでしまったので、耐えられなかったようだ。

エレンはいつものように眼鏡をなくしていたが、平常運転すぎて彼女も気にしていなかった。

三話　株主総会にて

一一五二年七月一日。

この日のファルマは正装し、少し緊張した面持ちで帝都のオペラハウス『オペラ・ガレニー』の舞台袖にいた。

オペラハウスを借り切り、異世界薬局グループ定時株主総会を主催するためだ。

異世界薬局とその関連店舗は三年前、様々な方面から要請を受け、グループ会社としてサン・フルーヴ株式市場へ上場した。

総会会場は既に満員で、招集通知を受けとり全世界から集まった投資家たちが熱い視線を送っている。メディークの石鹸《せっけん》セットのお土産もある。

「株主の皆様、本日は会場にお越しいただき、誠にありがとうございます。代表執行役のファルマ・ド・メディシスと申します。これより異世界薬局グループ、第四期定時株主総会を開催します。本日は取締役、監査役、執行役員全員が出席。事業報告ののち、質問を頂戴いたします」

ファルマはオペラハウスの舞台の中央でスポットライトを浴びながら挨拶に立ち、前もって配布した招集通知と呼ばれるレジュメを示しながら話す。

「本日の総会における議決権の状況をご説明します。株主の皆様が行使可能な議決権の数は――」

異世界薬局グループは急速な成長を遂げ、その一挙手一投足に注目が集まっていた。

レジュメには企業概要や店舗の展開状況、決算などの情報が掲載されている。

監査役から、監査結果に間違いはなく適正であり、指摘事項がないことを通知される。

連結計算書類の監査を受けたファルマは、報告事項を告げる。

「事業の進捗《しんちょく》と成果についてご報告します。異世界薬局グループは、一一四五年にエリザベート二世皇帝陛下御勅許のもと、公私合同企業として創立しました。創立以来、地域の保健医療を担う公共性の高い事業として店舗展開を進め、現在、世界各国の地域の皆様のご要望の声に支えられ、当期までの事業規模は国内直轄七店舗、ヘルスケア部門四店舗、国内業務支援八一九店舗、国外パートナーシップを結んでいるのは一三六店舗にのぼります」

上場以来、株価は常に高騰し続け、世界最大規模の製薬会社となった。

医薬品部門においては他社の追随を許さず、世界市場の寡占状態となったため、他国では独占禁止法に類する法律で排除措置命令を下されたこともある。

競合他社がなく、患者や顧客にほかの製薬会社から薬を買う選択肢がないことは、ファルマにとっても歓迎できる状況ではなかった。

帝国医薬大の教え子たちが独立して競合他社にでもなってくれないかな、などと考えていたりもするが、薬師たちはこぞって異世界薬局関連会社に就職したがっているため、競合他社が育つのはしばらく時間がかかりそうだ。

「現在は中期成長戦略に基づき、継続的事業拡大と、企業価値の向上、個別事業課題の克服を当面の重点課題と位置づけ取り組んでいます。医薬品事業は、各工場の稼働にともなう輸送費の縮小によって大幅に原価を押し下げ、薬価に反映することができました」

事業がこれほどの急拡大をみせたのは、決して利益至上主義だったからではない。異世界薬局の薬や専属薬師らが提供する医療が人々の健康を守り、かつてこの世界で不治であった病、例えば黒死病や結核、天然痘から確実に人々を解放しているからだ。

世界中の人々が、まぐれ当たりではなく再現性のとれた薬の効果を実感し、質の高い医療の提供と医薬品の供給が続くことに期待を寄せている。そのためなら、王侯貴族はよろこんで異世界薬局に財を投じ、庶民は薬局の評判を広めた。

異世界薬局か関連店舗に薬を求めに行けば、治癒を期待できるようになった。

世界中のどの薬局・薬店も異世界薬局の薬を店に置きたがり、なければ患者は店主に詰め寄り、扱ってくれと懇願する。

もはや異世界薬局の薬がなければ、どの国の薬店も立ち行かないところまできていた。

異世界薬局は国内外の医療インフラの中枢を担っているため、利益の殆《ほとん》どを設備再投資と研究開発、人材育成に回している。帝国の薬剤生産拠点として、マーセイル工場に加え、ファルマの私費を投入してオクタシニー工場を建設し稼働させている。

その他、企業・個人を問わず献金としてファルマのもとに集まる莫大《ばくだい》な資金は、殆ど手元に残しておかない。投資家や投機家にではなく患者に目を向け、患者に還元している。それがまた、さらなる評価を呼んでいた。それでも純利益は前期比倍増、過去最高を記録している。

ファルマの言葉に、陶酔に浸っているかのような表情で人々が耳を傾けている。

「グループが大きくなっても、私たちの姿勢は変わるべきではありません。常に患者様のニーズとご満足を中心に置き、安全で質の高い医療と医薬品、一般用医薬品をお届けするべく、お客様本位の視点での品質の向上を目指してまいります。そしてもちろん、グループの持続的運営のためには、構成員の福利厚生にも取り組んでまいります」

その後は事業別の概況を説明する。

異世界薬局総本店の職員にも入れ替わりがあり、現在の職員は八名。
宮廷薬師（管理薬師）　ファルマ・ド・メディシス
一級薬師（主任薬師）　エレオノール・ボヌフォワ
一級薬師　アメリ
一級薬師　ラルフ・シェルテル
一般従事者　法務・事務　セドリック・リュノー
一般従事者　庶務　ルネ
一般従事者　庶務（非常勤）　シャルロット・ソレル
連絡人　トム
新たな薬師に加わったのは、平民一級薬師アメリと、プロセン王国出身の一級薬師ラルフ・シェルテルだ。
異世界薬局での就職を希望し、百倍以上にものぼった採用試験の狭き門を突破して雇用された優秀な薬師である彼らは、帝国医薬大総合医薬学部卒のファルマの教え子であり、正規の教育を受け、サン・フルーヴ帝国の一級薬師の資格を持っている。帝国医薬大の新制度により、平民でも一級薬師を取れるようになっていた。
二十二歳のアメリは完全記憶能力を持っており、卒業試験も筆記や実技では満点という優秀さで、人当たりもよく理想的な薬師だ。金髪紫眼でスレンダー体形の美人なためか、常連客にも人気がある。

一見、完全無欠の才媛《さいえん》と思いきや、一週間に一度はランダムで寝坊、遅刻する癖があり、ルーズという言葉では片付けられないほどにだらしがない。

時間に厳しい帝都内の薬局薬店の面接を受けられず、あるいは試用期間中に軒並み落ちたという逸話を持つ。そのためか、本人の自己肯定感はすこぶる低い。

ファルマは「フレックスタイム制で雇うから」と構わず採用した。

異世界薬局総本店以外での就職は難しそうだったが、午後のシフトに回すことで、今のところ、はつらつと就労している。エレンも彼女の遅刻癖についてはあまり気にしていない。

二十三歳のラルフはおっとりとした雰囲気の眼鏡の好青年で、紫髪紫眼で高身長のためか女性ファンも多い。

彼は成人してから患ったギラン・バレー症候群の後遺症で、重いものが持てない。

ギラン・バレー症候群とは炎症性多発神経障害で、発症後八週間までに神経障害が起き、筋力低下、重症者では重度の呼吸麻痺《まひ》、生命を脅かすほどの自律神経機能不全が生じる。

八割は治療もせず自然治癒で回復するが、二割程度は後遺症から回復しない場合がある。彼はその二割のほうで、弛緩《しかん》性筋力低下がまだ残っている。

ファルマも治療を試みたが、まだ回復には至っていない。

彼も自身の状況をよく理解して、治療が難しいことを受け入れている。

だが、日常業務でそんなに重いものを持つことはないし、誰かに手伝ってもらえばいいからということで採用した。

ファルマは、優秀でさえあれば、就労に困難を抱えた薬師を優先して採用することにしている。

庶務のルネは十六歳。異世界薬局の近所で飴《あめ》やウェハースを納入している菓子店の経理をしていたが、店主が高齢で店をたたむため路頭に迷いそうと言っていたので採用した。

ルネが常勤になったので、宮廷画家として多忙を極めていたロッテは画業に本腰を入れるために異世界薬局では非常勤になった。

セドリックは外科医師アガタから人工関節の手術を受け、ついに変形性膝関節症から解放された。リハビリ期間ののち、最近はリアルテニスとも呼ばれるジュ・ド・ポームにはまっていて、週末になるといそいそとコートに出かけてゆく。

ほどよく筋肉もついてきて、彼は歳をとるごとに若返っているように感じられる。出会った頃には隠居も考えていた彼がはつらつと活動している姿は、ファルマには喜ばしい。

遠征を通じてポーム仲間もできたらしく、夜遅くまでお茶をして帰ってくるのがいつものコースだ。趣味に明け暮れながらも仕事もますます充実しており、異世界薬局グループの経理責任者として薬局の収支を統括している。相変わらずの堅実な仕事ぶりに、ファルマも頼もしく思っている。

かつて総本店に勤務していた薬師のロジェ、セルスト、レベッカは、それぞれ異世界薬局直営店の店主として、のれん分けのような形で新店舗を持って繁盛させている。

直営店はファルマから直接教育を受け、認定試験に合格した一級薬師の営む店で、屋号は本店と同じ『異世界薬局』が用いられる。

異世界薬局十三区マーレ文店　店主　ロジェ・デ・バッケル。従業員三名

異世界薬局十四区モンスーリ支店　店主　セルスト・バイヤール。従業員四名
異世界薬局十八区レオン支店　店主　レベッカ・デュトワ。従業員三名

といった具合だ。

異世界薬局のグループ企業としては、四つのブランドを持っている。

化粧品ブランド：メディーク

店主はキトリー・アルシェ、貴族出身の一級薬師だ。出産を機に前雇用主から契約を切られた既婚の薬師らを束ね、肌に優しい薬用化粧品の開発を行っている。

メディークは帝都の化粧品の三五％のシェアを誇っている。

オーラルケアブランド：八〇二〇

店主のテランスは、ファルマと出会う前から帝都で歯科専門の平民医師として開業していた青年で、抜歯や口腔《こうくう》外科手術を得意としていた。

ファルマと出会ってからは、すぐに抜歯する方針を改め、詰め物での虫歯治療や、予防歯科を中心に行うようになった。

スポーツ・介護用品ブランド：ヴェティメンツ

店主はノエミ。もとはサン・フルーヴ・クチュール組合に在籍し、オートクチュールを手掛けていた人気のデザイナーだ。前衛的でかつ機能的なデザインを次々と生み出し、スポーツ用品に革命を起こしている。

下着ブランド：リヴィエレ・ドゥ・マタン

下着ブランドは、現在帝国内に十四店舗を展開し、男性部門と女性部門の店舗に分かれている。

女性下着部門責任者デボラは平民デザイナーで、高級下着から庶民の普段使いの下着まで、幅広く取り揃《そろ》えている。これまでこの世界には存在しなかった生理用下着に加え、生理用ナプキンなどの生理用品も扱っている。

男性下着部門責任者エタンはデボラの弟の服職人で、ファルマの意見をもとに、それまでシャツと一体化していた男性下着を独立させ、より付け心地のよいものへと改良した。

綿のインナーとボクサーパンツのような形状のものは売れに売れて、生産が追いつかないほどだ。鎧《よろい》の下に着用できるアンダーウェアでヒットを飛ばしている。

各ブランドの店主たちも株主総会ではかしこまった様子で前列の席に参集し、経営状況を説明するるファルマの話を食い入るように聞いていた。

異世界薬局本店と業務提携をしているのは、帝国外科医ギルド、帝国調剤薬局ギルド、帝国薬師ギルドだ。

帝国外科医ギルドのギルド長は、アガタ・メランション。

八十四歳の外科医アガタは八十歳で白内障を克服してからというもの、消化器、腫瘍《しゅよう》外科を中心に年間平均五十例の外科手術を行っており、その成功率の高さから、アガタのバラ屋敷には国内外から評判を聞きつけた患者たちの長蛇の列ができ、手術も半年以上待ちだ。

アガタは名実ともに帝都一の町医者として繁盛し、年齢による衰えを感じさせない。彼女の周りには以前のように弟子たちが集まり、卓越した手技の継承を受けている。

帝国調剤薬局ギルドのギルド長は、夜明け薬局のピエール。

ピエールは順調に調剤薬局ギルド長としてのキャリアを積んでおり、帝都のドラッグストアの支援や医薬品流通の管理を行っている。他国の薬師ギルドからも意見を求められたり、顧問のような役割を果たしている。

異世界薬局には週に二回ほど、ファルマの出勤日に現れ、ファルマと話し込んでは満足そうに帰ってゆく。人生の恩人と言ってはばからないファルマに対しては恩義を感じているらしく、その忠誠心はギルドのどの薬師よりも高い。

平民薬師のギルドである帝国薬師ギルドのギルド長は、ジュリエット。

異世界薬局グループのパートナーの中でも異色の経歴を持つ彼女は、前ギルド長ベロンの一番弟子で、トゥルーズに店舗を持っていた。

かつてギルドの幹部らが黒死病に感染して軒並み亡くなったとき、彼女は帝都にいなかったために死を免れ、ギルド再建のために抜擢《ばってき》され帝都に戻ってきた。

ジュリエットが帝都に戻ってみると、薬師ギルドから異世界薬局への人材流出が相次ぎ、残った店も皇帝の勅令や神殿からの取り締まりで、扱える生薬や伝統薬は激減していた。

売り上げは散々で、困窮から錬金術師へ転身した者も少なくなく、一時ギルドは存亡の危機に立たされていた。

伝統あるギルドを廃業させるぐらいならと、ジュリエットは異世界薬局の傘下に下り存続を図る決断をした。ところが、店主ファルマは生薬や伝統薬の存続を望んでおり、有害な原料を廃止し、レシピを整理して効果のあるポーションなどの開発に協力した。

今では、昔ながらの伝統薬を愛用する人々の愛顧に支えられ、市民に必要とされる伝統薬店ギルドに生まれ変わっている。

薬師ギルドの紋章の一部には、異世界薬局と提携した証《あかし》である紋章モチーフが存在する。異世界薬局の提携店であることを確認して、安心して店に入ってくる客も少なくない。

ジュリエットは今、新作ハーブティーの開発に力を入れているそうだ。

各事業の説明を終えた後、大喝采の中、彼らの興奮のただなかに、ファルマは重大決議を総会にはかった。

「続きまして、決議事項をご報告します。私、ファルマ・ド・メディシスは本日をもちまして代表執行役を退き、現CCO、エレオノール・ボヌフォワが後任に就く人事案を報告し、決議を行いたいと思います」

ファルマの発表に拍手喝采を送っていた株主たちは突然、奈落の底に叩《たた》き落とされた。

なぜだ、やめるな、困る、ふざけるな、殺す気か、などと怒号が飛び交う。

ファルマは押しも押されもせぬ、医薬業界のカリスマ経営者でもある。彼がDG（代表執行役）を退けば、ファルマとエリザベスが市場に出回る発行株式全体の六割を売らなかったとしても、株価は暴落、経営破綻、異世界薬局グループの株券は紙くずと化す可能性もある。株主たちが承認するわけがない。

「私も引き続きCOOとして取締役にとどまり、新DGのバックアップをいたしますので」

人事案は反対多数ではあったが、ファルマが株式を三五％取得し、賛成に回った聖帝エリザベスの代理人が三三％を保有していたため、難なく可決された。聖帝にはあらかじめ根回しをしていたのだ。

怒号に交じって、悲痛な声で質問が飛ぶ。

「なぜ、今、お辞めになるのですか！　引退には早すぎる！」

「私にとって大切な、ほかのことに集中したいからです。それは一時的なものなので、今後また状況が許せば復帰するかもしれません」

ファルマはそうとしか答えられない。

「そんな無責任な！」

「それは異世界薬局の運営、ひいては世界の保健医療よりも大切なことなんですか」

「はい」

ファルマは大批判も覚悟で頷《うなず》く。それでも会衆は納得せず、株主総会は大混乱の解散となった。

退任の話はグループ幹部には既に伝えていたことで、幹部は全員が納得していた。

緞帳《どんちょう》が下がったあと、ピエールが舞台袖に下がってきたファルマに声をかける。会場にはまだ、重苦しい雰囲気が漂っていた。

「案の定の大反対でしたが、私はファルマ師のご決断を支持しています。カリスマ経営者はすぐれた後継者を育てられない場合が多いのです。組織の安定化を図るなら、むしろ絶頂期のうちに後進を育てておくことは間違いではないと思います。私もギルド長に長々と居座るのではなく、そのようにしようと思いました」

ピエールの目には涙が浮かんでいる。

「大丈夫かしら……」

新DGに就任したエレンは、あまりの騒動を目の当たりにして青ざめている。身の危険すら感じさせるほどの、株主たちの混乱ぶりだった。

ファルマは、鳥肌がやまないエレンを落ち着かせるように声をかける。

「数日もたてば落ち着くよ。俺の予想なら、明後日には」

「あなたは責任感が強いから敢《あ》えて報告したのだろうけど、今日集まった人たちにはこの世の終わりのように聞こえたでしょうね」

「そうだろうね。でも、後悔はしていないよ」

「復帰してくれることを信じているからね」

「きっとね。胸を張って戻ってくるよ」

ファルマはエレンの目を見て決意を伝えた。エレンも深く頷いてその言葉にこたえる。ファルマ自身には、その約束を反故《ほご》にするつもりはないのだ。

「では、それまでは任せて。皆でしっかりあなたの居場所を守っておくから」

ファルマは、交代の理由をエレンたちにはっきり伝えたわけではない。それでも、エレンは理由を聞かなかった。

最大限に楽観したとしても、身支度だけは整えておかなければならなかった。

どんな順番であれ、最後は全員いなくなる。

終わりに備えておくことは、決して破滅的なことではない。

もしファルマが急にいなくなったら、せっかく築き上げたものが瓦解《がかい》してしまいかねない。

だからこそ、手続きは必要だ。

「今日、ファルマ様は頑張ったので、皆さんで打ち上げ行きませんか？」

ロッテがわざと、少し空気を読まない風の提案をしてきたので、ファルマたちはそれに乗ることにした。

四話　エレンのオクタシニー視察

一一五二年七月十一日。

ファルマとエレンは、サン・フルーヴのマーセイル工場に続くもう一つの生産拠点、異世界薬局直系オクタシニー工場の視察へと出向いていた。

オクタシニーは南フルーヴに位置する、ファルマ個人に与えられた大封土だ。

石灰質、砂岩など岩質の土壌成分を持つこの地は、避暑地や避寒地を有し、山間部の穏やかな気候を利用したワインの名産地でもあり、温泉などにも恵まれる。観光地も多く、水道橋や鍾乳洞、断崖絶壁の上に広がる古い村は人気だ。

岩肌の見える雄大な山脈を望むオクタシニー工場では、多くの専従の従業員を抱えて操業している。そこでは酒類原料アルコールの工業生産、食酢、エーテル、エステル、エチレングリコール、ポリエチレン、スチレン、溶剤などの生産が行われている。

なかでも重要なのは、共沸蒸留技術を利用した無水アルコールの生産だ。

既にバイオマスを利用した無水エタノールの製造についてはマーセイル工場での実績があったのだが、ワイン工場で選果に漏れた廃棄予定のブドウや、搾りかすなどを再利用したバイオマスの仕入れには事欠かなかった。

また、封土内には老舗のワイナリーも多く、廃業して間もないワイン工場を利用して新工場へとリフォームすることができ、失業した従業員を雇用することができた。その意味でも、工場の運営にはうってつけの土地柄だ。

「せっかくだからワイナリーに寄ってもいいかしら」

ワインの蒐集《しゅうしゅう》に目がなく、チーズも好きな同行のエレンがそわそわしている。

ファルマもつられてしまいたかったが、正気に戻った。

「先に工場の視察からだよ。ワイナリーはあとにしよう。酒臭い状態で視察に行ってはいけないからね」

「そ、そうだったわね……。では後にしましょ」

エレンは残念そうだが、致し方ない。

エレンは妹のソフィもつれてきていた。

捨て子だったソフィは五歳となり、赤子だったころと同じ性格のまま、活発な令嬢となった。本人には捨て子だという事実は知らされていないため、エレンの年の離れた妹だと思っている。

無属性という珍しい属性であり雷の神術を使う彼女は、わがまま放題だったファルマの妹ブランシュとは違って素直で聞き分けのよい子なのだが、興奮すると電撃を放ってしまう癖は相変わらずで、帝都のテルマエに一緒に行って興奮したところ、電気風呂にしてしまったとのことだ。

おおむね仲良し姉妹だが、喧嘩《けんか》をしたときは別だ。

エレンは「ちょっと強く言ったり喧嘩すると、忍び寄ってきて後ろから放電されるのよ……しかも外出の直前に……。髪の毛が爆発して大変なんだから」と悩んでいたので、ファルマはエレンに放電の仕方を教えておいた。

そんな妹は嫌だ、と思うファルマであるが、ファルマも相変わらずソフィにはなつかれていた。

「ソフィちゃんはブドウジュースかしらね」

「しろなの。しろぶどうがいいの、マスカットじゃないのよ」

ソフィにはこだわりがあるようだが、ファルマにブドウの味の区別はつかない。

「白なんだ。赤ブドウはアントシアニンが少し苦く感じられるのかな。じゃあ、あとで白ブドウジュース飲みに行こうね」

「じゃあ、いいこにしとく」

電撃は痛いが、基本的にソフィは素直な性格で聞き分けはよいので助かる。

◆

「ようこそお越しくださいました。従業員一同、お待ちしておりました！」

工場に到着し、エレンとファルマはオクタシニー工場の従業員の歓迎を受ける。

「エレオノール様、ＤＧご就任おめでとうございます」

祝いの言葉を述べる工場長は、元マーセイル工場長のキアラだ。

彼女はマーセイル工場をテオドール・バイヤールに譲り、オクタシニー工場立ち上げのためにこの地へ赴任した。

オクタシニー工場では神力ではなく、一から十まで電力を利用した設備の稼働を行っている。

マーセイルでは神術陣を利用した発電システムを利用しているが、オクタシニーではテートー川の水を利用した水力発電で、安定した電力を工場内に引き込んでいる。

「ありがとう！　頼りないかもしれないけど、結果を出して頑張るわ」

ワイナリーに先に立ち寄ろうとしていたとは、口が裂けても言えないようだ。

「ええ、当方も全力でお支えします。オクタシニー工場の運営も軌道にのってきましたよ。医薬品原料も、製品も大幅増産しています。こちらは今期の生産実績報告書です」

「ありがとう、すごいじゃない。来季からと言っていた新しいラインも前倒しで立ち上げたのね！」

「はい。最近の帝国の好況で建築原料が高騰しているため、工期は前倒しにしております」

キアラはきびきびと報告する。計画どおりどころか前倒しにしてくるあたりが、彼女のマネジメント能力の高さを裏付けている。

「さすがね。新しいラインの電力は足りている？」

「現生産体制ですと夏場に少し不足しますが、冬場の生産を管理して間に合わせられます」

「バッテリーや非常用電源もうまく利用してね」

「かしこまりました」

ファルマはソフィの相手をしながら、エレンとキアラのやりとりに口を出さず聞いている。エレンがＤＧを引き継いだので、意見を求められれば助言するが、できるだけ当事者本人たちでやってもらう。そうすることで、ファルマも今後の憂いが一つずつ解消できる。

しばらくはエレンも戸惑うことが多いだろうが、これまでのファルマのやり方を覚えていて、それに新しいアイデアを足してくれればいいと思う。

キアラの案内で、ファルマたちは工場内を時間をかけて視察する。

プラント内部には豪快な音を立てて稼働する連続式蒸留装置がそびえたち、存在感を放っている。巨大なタンクに溜《た》めこまれた原料は、フィードポンプで連続蒸留塔へ下から上へと運ばれ、パイプを通って余熱をかけられ、沸点の低いものから順に温度の差によって分離してゆく。

異常検出器があるので、作業員はつきっきりでなくてよく、時折見回りにくるぐらいだ。

蒸気を液体へと戻す過程で潜熱を奪うための大量の冷却水は大事な役割を果たしており、水の神術使いのかかわらない冷却システムが肝要だ。

温度管理の制御装置などは、新しく創設されたサン・フルーヴ工科大学と共同開発したものだ。

あのキャラの濃かった錬金術師テオドールも、マーセイル工場長となってからというもの、最近ではあまり爆発事故を起こさず、次々と画期的な薬剤合成、生産方法を開発している。普通に安全な技師になってくれたので、ファルマも安心した。

テオドールは優秀な部下を複数抱えたことで睡眠不足もすっかり解消され、肌つやが良くなっている。

オクタシニー工場とマーセイル工場間でも、通信で緊密に連絡がとられている。

サン・フルーヴ工科大学の技術革新により、このころまでには通信手段はファクシミリへと発展していた。

ファルマが特に何か入れ知恵をしたわけでもないが、基礎知識を学ぶ人口が増えれば、技術発展も自然と起こるものなのだろうとファルマは考える。

何もかも教える必要はない、地球の文明に沿うことが正解とも限らないのだから。

新たな発明が生まれ、自身も知らなかった知識や法則が異世界に普及してゆくのをファルマは感じていた。

◆

ファルマたちは工場視察のあと、オクタシニー工場でも従業員らと記念撮影を行った。

専従職員は百八十名、彼らもマーセイル工場の従業員のように誇りを持って好待遇で働いている。

工場内の応接室でお茶をいただきながら、エレンはキアラと世間話をする。話題はＤＧ交代のときの話になる。

「でも、トップ交代のときは大混乱だったわ。ファルマ君は開き直ってるし。なんで私が平謝りなのよ」

「開き直ってないよ、経営体制に変更ありませんって説明したんだよ」

「それで済むわけないでしょ！　もう……」

ファルマはソフィと手遊びをしながら話を聞き流している。

それを聞いたキアラは薄く微笑《ほほえ》む。

「ふふ、経営陣も大変なのですね」

エレンがふと違和感に気付いたように、キアラに声をかける。

「キアラさんは何か心配事はないかしら。補佐役はつけておいたけど、従業員の管理のほうもうまくいってる？」

「私は満足して働いておりますわ。しっかりお休みもいただいておりますし、秘書もつけていただいてありがとうございます」

「キアラさん、違ったらごめんね。ちょっと疲れてない？」

「……ええ。すみません」

キアラはしばらくためらったのち白状した。

「体調不良？」

「いえ、病気とかではないんです」

ファルマはそのやりとりに驚いて顔を上げる。

そう言われてみれば、年二回の健康診断でも異常はなかったものの、キアラは以前より少し痩せていた。

エレンはティーカップを置き、背筋をすっと伸ばして真剣な顔でキアラに向き合う。

「込み入った話は聞かないけど、人生色々なことがあるし、ずっと同じように働けるわけではないから、しんどかったら働いたり休んだりしていいからね。また戻るつもりがあれば、ポストはきちんと空けておくし、無理だけは禁物よ。私はね、無理は嫌いだし、一緒に働く皆にもそうしてほしいの」

「ありがとうございます。私事なのですが……母が、だんだんと弱っていてもう長くないかもしれないのです。何も食べない日もあると聞いて、オクタシニーに呼び寄せて同居しようとしているのですが、知らない土地には来たくないと言っていて。オクタシニーまでの旅もつらいのかもしれません」

キアラはもと医療神官なので、その流れで生涯独身を貫くつもりで、伴侶はいない。それでも天涯孤独ではなく母親はいて、一般的な神官とは異なっている。

キアラのわずかな表情の曇りと痩せ具合から悩み事を読み取るのは、ファルマでは行き届かなかった部分だった。キアラはいつもどおりに見えたし、痩せてはいたが何か困っているようには見えなかった。

（エレンはすごいな。いい経営者になりそうだ）

そこにいない者の不調は、診眼では決して見抜けない。自分が出しゃばらないと見えてくるものもあるな、とファルマはエレンの気配りと目ざとさに感心する。

「まあ、それはお気の毒に。お母さまはどちらにお住まいで？」

「マーセイルに住んでいます」

「あら、だったらあなたがマーセイル工場に戻る？」

「いいんですか!?」

キアラは驚き、声が明るくなる。

「でも、こちらの工場は……立ち上げまでと仰せつかっていたのですが」

「工場長のテオドールさんと配置転換になるかもしれないし、テオドールさんが来ないと言えば新たに代任をたててもいいわ。やりくりするのが私の仕事、代任のことは気にしないで」

「私の都合で、エレオノール様やテオドールさんに迷惑をかけるかもしれなくて……」

キアラは申し訳ないという表情をしている。

「いいえ、転勤を命じたのは雇用者の都合なの。断ったからといって何もないわ。前からファルマ君が言ってるけど、人生が先、仕事はあとよ。お母さま、おいくつ？　何か病気をわずらっておられるのかしら？」

「五十九になります。体がだるく、息切れがして食が細くなってだんだんと痩せているようなので、もう歳のせいなのかなと思いますが。医者にもかかりましたが、歳でしょうと」

地元の医師の経験に基づいた診断を疑うのは勇気がいるが、エレンは診眼以外に客観的な診断方法を持っている。それはファルマの残した教科書の知識と、医薬学血液検査、生化学検査、生理機能検査などの臨床検査だ。

「ほかの症状はない？」

「関係ないかもしれませんが、汗をよくかくと……」

「何か関係あるように思えるわ。一回、お母さまを診せてもらってもいい？」

エレンはキアラの手を取った。

「五十九歳なんて、まだ全然歳じゃないわよ。歳のせいなんてないわ」

「えっ、そんなことないです」

「かつての常識とは違うの。寿命で考えないで、ね？」

八十四歳のアガタだってまだ現役で、この年齢になったらもう医療の質を落としていいという扱いをすべきではない。

「歳をとったからといって、命の価値が減るわけではないわ。統計は統計、個人の命と向かいあう必要があるでしょ」

「……そう、ですよね」

キアラは不意打ちを食らったような顔をしていた。

エレンは優しく諭すように語りかける。

「常識を破って、世界を変えていくの。私たちはそういう会社でしょ」

エレンがファルマに視線をくれるので、ファルマも力強く頷《うなず》き返す。

世界は変わってゆく。その変化の道のりを応援したいとファルマは思った。

「エレンの言うとおり、キアラさんのお母様のことは気になるよ」

「そうなんですね。つい、以前の常識で、もう助からないものと諦めてしまっていました」

「必ず治るとは言えないけど、もしかしたら何かできることがあるかもしれない」

ファルマが補足する。やってみないことには分からない。

もしかしたら、力及ばずキアラをがっかりさせる結果になるかもしれない。

キアラは「でも……」と躊躇《ちゅうちょ》していたが、決心がついたようだ。

「ありがとうございます、手配させていただきますね」

「急ぎましょう」

「分かりました、数日以内には」

「まずは仕事を休んで、マーセイルに戻りましょう。引っ越しに転属や後任関係はそれからにしましょう、今はお母さまのことだけ考えて。そのほかは何も考えなくていいから」

社会貢献の前に、仕事に携わる人が幸せでなければならないと、ファルマはエレンの姿を頼もしく見ていた。

「私はね、どんな素晴らしい知識も薬も、いざ身の回りの人が病に倒れたとき、助けられなければ意味がないと思うのよ。身近な人を助けられるような薬師になりたいの。薬の生産に携わる人が、辛《つら》い思いをしていてはいけないわ」

ウェルビーイングという概念を社是に取り入れようといったのはエレンだ。

「ファルマ君の背中を見ていたら、社員が勘違いして過労一直線になってしまうわ」と、過労への戒めのためにもうけたいといったのだ。

エレンはそんなことを考えていたんだな、とファルマは反省するやら、感心するやらしたものだ。

◆

工場の視察を終えたその日のうちにキアラを母親の元に帰宅させ、エレンがその場で介護休暇の手続きを負えると、ファルマたちはエレンの楽しみにしていたワイナリーに向かった。

ソフィは既に寝ていたが、エレンが「白ブドウ」と言って起こすと「どこどこ？」と飛び起きて目を爛々《らんらん》と輝かせていた。

シャトーに到着すると主《あるじ》に歓待され、ファルマはにこやかに挨拶をする。

「新領主のファルマ・ド・メディシスと申します。本日はお時間をいただき、ありがとうございます」

「おお、あなたが領主様ですか。まだお若い！　数々のご評判はかねがね伺っております。ご丁寧にお手紙もありがとうございました。どうぞわがシャトーをご覧ください、最高級のワインを取り

「揃えておりますよ」

「恐縮です」

ワイン業界におけるシャトーとは城という意味だが、本当の城ではなく、城のように大きなワイン醸造所の生産者を意味する。

広大なワインロードを散策しながら、ファルマたちは生産者からブドウの品種についての解説を受ける。

「ご存じのとおり、高級な赤ワインは黒ブドウから生まれます。当シャトーのブドウは温暖な気候のおかげで果粒《かりゅう》が大きく、皮が薄いものをえりすぐって継代し、高級品種を育てています。このため、熟成期間が短くても苦みの少ない芳醇《ほうじゅん》なワインが楽しめるのです。このたび、我がシャトーが帝国の五大シャトーに選ばれたのですよ」

ワインに対しての格付けは最近、輸出品が増えてきたため生まれたようだ。

「それはおめでとうございます」

ファルマもエレンも興味深く聞いている。

ソフィだけは視察の際に馬車で昼寝して我慢していたぶん、「しろぶどうは?」とうるさかった。

彼女の連呼に観念したのか、シャトーの主が気を使ってくれる。

「白ブドウはですね、癖がない、お子様にも優しい味わいの品種を取り揃《そろ》えておりますよ。あとでブドウジュースをふるまいましょう」

「わあい」

醸造所でアンティークワインのテイスティングののち、チーズを中心とした郷土料理に、ワインをいただく。

「はー、最高！　仕事のあとの一杯は体にしみるわ」

エレンはお目当てのものにありつけて恍惚《こうこつ》としている。

「きゃー、これこれ」

ソフィも小さい手で大きなグラスを持って白ブドウジュースをいただく。

ファルマはソフィがグラスを割らないかとハラハラしつつ見守りながら、サン・フルーヴの夏の風物詩でもあるロゼワインをいただいた。

このワインは、ブドウを潰《つぶ》して発酵途中で果皮を取り出すセニエ法という方法で作られているようだ。赤ワインと白ワインをブレンドする方法もあるが、サン・フルーヴ帝国では禁止されている。ブドウの果皮から得られる色をもってロゼワインとするべきであるという考えが根強く、伝統を守らない生産者には罰金が科されることもあるようだ。

製薬業界においての効率化は美徳ですらあるが、効率化がそぐわない、手間暇かけて作られるのが美徳とされる領域もあるな、とファルマは思い知らされた一場面だった。

◆

数日後、ファルマとエレンは約束どおりマーセイルのキアラの実家に向かった。

キアラの実家は地元の名士の家系で、かなり裕福な家だった。

キアラは既に介護休暇に入っており、母親の身の回りの世話をしていた。母親は寝たきりになっており、もう殆《ほとん》ど食事をとれない状態だ。

エレンはキアラとキアラの兄に案内され、母の寝室に入る。

豪奢《ごうしゃ》な刺繍《ししゅう》の入った天蓋《てんがい》をかきわけてエレンがキアラの母親、ブノワトへ挨拶をする。

「はじめまして、ブノワトさん。エレオノールと申します、一級薬師です。キアラさんに取り次いでいただき、拝診します。お加減はいかがでしょうか」

「ああ……そう」

エレンが声をかけるも、ブノワトは反応に乏しいようだ。

ブノワトは骨格が浮き出てみえるほど痩せていた。キアラが命の心配をするのも無理はない。

ファルマはエレンに声をかける。

「エレン、じゃあ外にいるからね。たのんだよ」

「うん、あとはまかせて」

貴族独特の事情であるが、肌をはだける可能性のある女性の診察の際には、ファルマは部屋から出て外から室内の会話を聞いておく。

エレンはキアラにブノワトの現在の食事量と食事の内容、排尿、排便回数、睡眠の状況などを聞き、カルテに書きつけながら病状を把握する。

動くと動悸《どうき》がするので、日中はほぼ横になっているとのこと。以前は気にならなかった小さな物音にも過敏になり、夜間はうなされてあまり眠れていないようだ。食事は取れているのに、なぜか徐々に痩せてきている。

エレンも診眼を使えるが、ここでは使わない。病歴の聴取に続き、血圧、心拍数、体温、採血を行う。エレンが脈をとるとやや速く、発汗とほてりがある。

「お母さまの目は昔からこのような感じなの？」

眼球突出があるようにみえたので、エレンはキアラに尋ねる。

「そういえば、痩せたからか少しぎょろっとしているような……」

「そうなのね」

エレンはふと、ブノワトの喉のあたりに目をとめた。詰め襟のボタンが外れていたからだ。

「あら？　喉のあたりが苦しいですか？」

気になったエレンは、ブノワトの喉元のあたりを探る。

「失礼します。喉に触れますね」

甲状腺にびまん性腫大があり、その表面にふれると平滑で、結節はふれない。

そして、エレンは確信したように一つ頷いた。

「甲状腺腫大と、総合的な症状から甲状腺機能亢進《こうしん》症を疑います。確定のためには、血液検査を待つ必要がありますが、半日ほどお待ちください」

「エレン、詳しく聞かせて」

ファルマが後から入室してきて確認するが、見解は一致していた。

◆

エレンはマーセイル工場に向かい、テオドールに手伝ってもらって血液検査を行う。

ついでに、テオドールにキアラの代打としてオクタシニー異動の打診をしたが「異動はむしろ僥《ぎょう》倖《こう》」と言っていたので、話はすぐにまとまった。

甲状腺機能検査のため、ＦＴ３とＦＴ４濃度の測定を行う。抗ＴＳＨ受容体抗体（ＴＲＡｂ）と甲状腺刺激抗体（ＴＳＡｂ）も調べる。

ＴＳＨ値は低下、ＦＴ３とＦＴ４は上昇。ＴＲＡｂは陽性。予測どおりだ。

全ての結果が出そろい、バセドウ病による甲状腺機能亢進症と診断し、すぐに治療薬を一式準備してキアラの屋敷に戻ってきた。

「甲状腺機能亢進症のようです。治療の見込みは十分にありますよ」

「まあ……。まさか老衰ではなかったなんて」

キアラはエレンの手際のよさに感心し、母親の命を諦めてしまっていたことを恥じる。

「治療のため、チアマゾールの投与を開始します。チアマゾールは甲状腺ホルモンの生合成をブロックしますので、甲状腺ホルモンが過剰になった状態を抑えることができます」

「チアマゾールはマーセイル工場でも製造していたものですね」

キアラは薬剤名に聞き覚えがあるようで、反応する。

「そうよ。ロジェさんのお店にバセドウ病の患者さんが来たから、それを契機に生産を開始していたのよ。テオドールさんに言って借りてきたわ」

キアラは自らが製造に携わっていた薬を身内に使えると知って、感激したようだ。

「さあ、お母さまの病気が治るまで、しばらく付き添ってあげていて。発熱や喉に痛みを感じたら、すぐに言ってね。副作用が強く出ている可能性があるわ。薬の効果が出れば、症状もなくなってくると思うわ」

「ありがとうございます！」

エレンの落ち着いた説明に、キアラは安堵《あんど》の涙を流していた。


「おつかれさま」

屋敷を出た後、ファルマはエレンをねぎらう。

「今回は俺の出番はなかったね、さすがだよ」

「ロジェさんのところで前例があったからこそよ」

「医学も薬学も、前例というデータと統計の積み重ねだ。臨床医学的データに基づいた診断は、診眼を使った診断よりよほど価値がある」

それでいいんだ、とファルマとエレンは馬を並べて歩く。

「診眼を使える人だけが診断できる、という状況は間違っているからね」

ファルマは自分に言い聞かせるようにそう言う。

「……そうね」

エレンの返事はすっきりしない。

彼女も感じているのかもしれない。

少しずつ、しかし確実に、ファルマがいなくても、だいたいがうまく回ってゆく状況が整っていることに。

五話　一級薬師アメリの憂鬱《ゆううつ》

一一五二年八月一日。

その日の帝都は早朝から気温が上がり、猛暑日となる見通しだった。

異世界薬局本店には長蛇の列ができているが、猛暑日はことさら長い。彼らのお目当ては薬でもあるが、その実は店内冷房だ。

異世界薬局が採用しているのは、神術を一切使わない、地下水のくみ上げを利用した水冷エアコンだ。宮廷の噴水担当官フランシーヌ姉妹に原理を教えて、忙しいなか作ってもらった。

同様のものは宮殿でも聖帝の部屋や会議室に設置され、この猛暑日の続く帝都では好評だという。

氷の神術陣での冷房とは異なり、湿度を低くできるのもメリットだ。

「今日は特に並んでいるね」

ファルマが薬局の三階の窓から下を眺める。エレンもファルマの隣から覗《のぞ》き見している。

「暑いからかしらね……うちで涼もうってのね。分かりやすいわ」

「では、ミーティングを早めに済ませて営業しようか」

DGはエレンに交代となったが、異世界薬局本店の店主はまだファルマなので、会議などはファルマが取り仕切る。とはいっても、進行の殆《ほとん》どをエレンに任せて、少しずつ手を引きつつある。

「ええと、アメリさんはまだ来てないな……。議事録は作っておくからいいよね」

「ミーティングがあるというと必ず寝坊しますよね。どういうことなんですかね。大切な業務にまつわる会議なのに、緊張感がないんでしょうか。理解しかねます」

朝いちで鍵を開け、ファルマたちが来る頃には掃除まで済ませている同期入社のラルフ・シェルテルが呟《つぶや》く。

嫌味を言っているのではなく、事実を述べているのだ。彼は少し、思ったことをオブラートに包まずそのまま言ってしまう癖があった。

「起きないといけないと思うと逆にプレッシャーになるのかも。そういうことってあるでしょ」

エレンは苦笑しつつアメリをフォローする。

「ありませんね。普通はないでしょう。予約して来ている患者さんがいたらどうするんですか」

ラルフは信じられないといった様子で憮然《ぶぜん》としつつ、首を振る。

ファルマはアメリの普段の行動を見ていて、注意欠陥・多動性障害なのかもしれないと考えている。それでも異世界薬局で働く限り、遅刻は問題とならないように周囲が配慮できる。

本人が困っておらず、社会生活を送るのに問題ないなら、治療も必要はないし障害とはいえない。ファルマはそう考えているが、彼女の二倍働いているラルフが不満を持つ気持ちも分かる。

エレンはあまりよくない状況だと考えたのか、ラルフに向き直る。

「その普通という言い方はよくないわ。ラルフくん、朝は誰に起こしてもらうの？」

「使用人ですが」

住み込みの使用人に何から何まで朝の支度をしてもらうのは、貴族にとっては当然のことだ。それが日常なので、特に何かしてもらっているとすら感じていない。

エレンは、何も悪びれず答えたラルフに気付きを与える。

「私は夜型だから、朝が弱くてね。使用人に文字通り叩《たた》き起こしてもらって、食事から身支度まであらゆることをしてもらえるから出勤することができるの。もし一人暮らしなら、自分では起きられないし、朝食なんて食べられないし、だらだらしてしまうかもしれないわ。環境によって、その人の能力も変わってくると思うの。アメリちゃんは一人で寝起きして、洗濯も食事の支度も全部自分でやっているでしょう。私たち貴族より何倍も疲れているはず。だから、ちょっと朝は難しいのかもしれないわ」

アメリは平民で、家族とは離れて暮らしており、誰も起こしてくれる人がいない。目覚まし時計を持っているが、鳴っても気付かないのだという。

本人の努力ではどうしようもないことだ、とファルマもそう思う。そして、それらの不注意はいずれ科学技術によって克服できることだとも思う。

「そうなのかもしれませんね」

ラルフはエレンの言葉を飲み込むことにしたようだが、納得はいっていないようだった。たとえ平民の出だとしても、自分だったら遅刻はしないといわんばかりだ。エレンやアメリと揉《も》めないために、渋々ながら大人な対応をとったともいえる。

「皆さん！　朝といえば血糖値、上げたくなりませんか？」

ロッテが空気を読んで、朝からフルーツジュースを出してくれる。彼女は本当に声掛けのタイミングが絶妙だ。

「上げたくなるね。ありがとう、ロッテ」

ファルマもそれに乗っかって、ありがたくフレッシュジュースをいただく。

全員で小休憩をしていると、アメリが血相を変えて駆け込んできた。自宅から走ってきたのか、肩で息をして汗をかいている。

「おはようございます！　遅れて申し訳ありません！」

「おはよう、アメリちゃん。今ミーティングが始まったばかりよ。グレープフルーツジュースを飲んだらいいわ」

エレンがアメリに着席を促し、議題を進める。

ラルフは追及しないことに決めたのか、すました顔をしている。

誰も非難せず淡々と進むミーティングに、アメリは申し訳なさそうに末席で小さくなっていた。

◆

「アメリさん」

ファルマは、ミーティングの後でアメリに声をかける。

ファルマの顔を見るや、アメリは青ざめた顔をしてファルマに謝る。

「ごめんなさい、今日も遅れてしまって。今度こそクビですよね」

「いや、そうじゃないですよ。ゆっくり来ていいという契約なのだから気にしないでください。これからミーティングは午後にしましょう、配慮不足でしたね。もっと早く気付くべきでした」

「ファルマ師にそんなふうに言わせてしまうこと自体が申し訳なくて……悪いのは私なのに」

ファルマはますます縮こまってしまったアメリに打つ手なしだ。

「できることは人によって違いますから、できることをしてください」

「皆さんには何でもないことなのに……。私は甘えているに違いありません」

涙目になっているアメリに、ファルマはどう声をかけていいものか困る。

彼女は自分自身が甘えているのだと思い込み、自責の念にかられてしまっている。そして、どれだけ反省しても次につながらない。しかし、そういう特性なのだ。

「あの、ファルマ師、折り入ってご相談があるのですが。今月末で――」

アメリが何か重大な告白をしかけた、そんなときだった。

「アメリちゃん、一緒にストックの調剤や発注をしてしまいましょ。今日中にやっておきたいの」

エレンが気を利かせてアメリに仕事を振った。

「えっ、はい！　ただいま！」

「あら、ファルマ君と込み入った話だった？」

「いえっ、また後ほどで構いません」

ファルマは困ったように二人の後ろ姿を見送る。

エレンが彼女を庇《かば》ってくれたのでまだ救われたが、エレンが割り込んでこなければアメリは今月末付けで退職を申し出るところだったな、というのはファルマには流れから察せられた。

◆

「エレオノール様、私……」

「ごめんねー、これ終わってからにしてくれる？　間違えちゃうから先にやっちゃいましょ」

「……はい」

二人は在庫の確認を行い、原薬やストックの発注を行う。

エレンはリストと照らし合わせながら一つ一つ確認してゆく。彼女の確認は正確無比だ。しかし、アメリは表示を見ずにリストに消費期限を書きつけてゆく。

「ちょっとちょっと、アメリちゃん。なんで表示をきちんと見ないの？」

「一度見たら覚えていますので」

「まさか、期限全部覚えているの？」

よほど驚いたのか、エレンの眼鏡がずりおちそうになっている。

「はい。ロットも覚えています」

「大した記憶力だけど、ちゃんと一つ一つ現物と照らし合わせて確認してね。記憶力の過信は禁物よ。それに、あなたは完璧でもほかの薬師が順番を入れ替えているかもしれないわ」

「す、すみません」

何もかも空回りしている。

うまくいかない。

どうもやることなすこと、人とずれているような気がする。

アメリは居心地の悪さを感じていた。


在庫の整理を終えて店頭に出ると、ひっきりなしに押し寄せる患者に次々と対応してゆく。

アメリはマルチタスクが苦手だ。一つが終わる前に新しいことに対応していると前のことを忘れる。すぐに気が散ってしまうし、仕事が増えるとパニックになってしまう。アメリは完全記憶能力を持っているのに、うまく情報の処理ができない。

商人の娘のような身なりの、若い女性客の番になったときのことだ。彼女は顔が赤くほてっているようだった。

（外が暑いからかしら。それとも熱があるのかしら？）

アメリは少し注意して、彼女の様子をうかがう。

帽子を目深にかぶった彼女は、アメリの視線から逃れるようにうつむいた。

「このお薬をください」

彼女は、アメリに耳打ちするように告げる。

何か恥ずかしがるような薬なのだろうかと眉を顰《ひそ》めながら、アメリは差し出された封筒の封を切り、中に書かれた内容を見てはっとする。

「この薬は……」

アメリは「しっ」と言って人差し指をたてる。

「承知しました。こちらでお話をお聞きします」

アメリは彼女を個室ブースに通し、鍵をかけた。

異世界薬局に二室もうけられている個室ブースは、鍵をかけてしまえば密室となる。以前は簡単な仕切りだけだったのだが、デリケートな相談などに適さないため、改装して個室になった。

「詳しく聴取させてください。カルテを作成しますので、お名前等を頂戴しても？」

異世界薬局を訪れる患者の中には識字率の問題で、字を書けない人もいる。そのため、薬師が聞き取って書きつけるシステムになっている。

彼女が名前を名乗ると、アメリのペンがぱたりと止まった。

アメリは帽子を脱ごうとしない彼女の顔を改めて一瞥《いちべつ》し、落ち着いて語りかける。

「もし間違いだったら、大変申し訳ありません。あなたはプロセン王国のローザリンデ王妃様ですよね？」

アメリは彼女を一度しか見たことがない。五年前、プロセン王のサン・フルーヴ帝国皇帝への表敬訪問の際、王妃の姿が馬車の窓から一瞬見えた。

しかし、この世界でも珍しい完全記憶能力を持つアメリは彼女の顔を忘れなかった。

正体を見破られた彼女は青い顔をして、扇子で顔を隠す。

「まあ……どうして。サン・フルーヴには一度しか来たことがないのよ」

「目のよさと記憶力には自信がありまして。五年前、街道よりパレードで、馬車のレースカーテン越しにですが拝見いたしました。そのときのお召し物は緋色《ひいろ》のドレスと白のお帽子です。御髪《おぐし》のお色が違うようですが、お顔立ちはそのままです」

「あなた……恐れ入るわ。わたくしは確かに、プロセン王妃ローザリンデと申します」

アメリがあまりに鮮明に言い当てるので、ローザリンデは観念したようだ。

そして、ぽつぽつと絞り出すように事情を話し始めた。

「詳しくは訊《き》かないで。望まぬ妊娠をしたの。堕胎薬をいただけませんか。異世界薬局総本店でならきっと堕胎薬もあると、すがる思いで来ました」

「詮索《せんさく》はいたしませんが、母体の健康にかかわることはお伺いしますね」

アメリは妊娠の週数、月経歴、分娩《ぶんべん》回数、出産、流産の状況、現在の体調、アレルギーの有無などを聴取する。

（プロセン王国支店ではなく、変装をして一人でサン・フルーヴの総本店に来たということは……面が割れていないのを期待してのことかしら。私には割れてるけど）

妊娠週数は七週目。妊娠初期だ。

アメリも他国の皇室事情に詳しいわけではないが、たしかローザリンデは既にプロセン王との間に三人の子をもうけており、無事に出産すれば四人目ということになる。

「お薬はいつもらえます？　今日飲んだらいつ堕《お》ろせるのかしら」

ローザリンデはそわそわしている。

「あの……おそれながら、堕胎薬は簡単には出せないのです。神殿法的にも堕胎は重罪です」

堕胎薬は異世界薬局の一級薬師といえど、簡単にアクセスできないようになっている。総本店を含む異世界薬局系列のどの店頭でも売っておらず、手の届く場所にストックも存在しない。調剤するためには、必ずファルマに報告する必要がある。

「知っております。それでも、何もなかったことにしなければなりません」

「……何か特別なご事情が？」

アメリは狼狽《ろうばい》するローザリンデに、恐る恐る尋ねる。

本来なら、正妻である王妃様のご懐妊はおめでたいこと。

なのに、変装してまで堕胎したいといっているのだから一大事だ。

神殿の教義では、堕胎は『子殺し』と結び付けられ、許されざる重罪だ。王妃の不貞は王宮追放もありうる。その渦中にアメリは巻き込まれたくない。薬師には守秘義務があれど、犯罪に与《くみ》するわけにはいかない。

「堕ろせなければ……わたくしはすぐにでも殺されてしまいます」

「差し出たことを申しますが、お相手は王様なのですよね？」

そうだと言ってほしい、アメリは半ばすがるように尋ねた。

「いえ……、わたくしに一方的に思いを寄せていた宰相に……脅されて無理やり……」

宰相は特徴的な髪と目の色をしており、神術属性も守護神も王とはまったく異なるので、子供が生まれれば王の子でないことがばれる。

宰相に脅されたという証拠は残っていないが、不貞の発覚を恐れた宰相の手回しで、王妃は口に入るありとあらゆるものに堕胎薬が盛られているようだ。

おそらくは中毒による症状で、痙攣《けいれん》をしたことも数度。

王付きの宮廷薬師が毒見を強化したおかげで、もう堕胎薬は盛られていないようだが、依然として状況は最悪で、堕胎できなければ出産前に王妃が暗殺されるかもしれないという状況だ。

堕胎が成功すれば、宰相の思惑どおりではあるが、何もなかったことになる。

「なんてひどい……」

アメリは口惜しさを噛《か》み殺しながら、王妃に同情する。

「お願いします……あなたも同じ女ならば、私の気持ちが分かるでしょう。堕ろしてください」

「ご心中お察し申し上げます。しかし堕胎薬を取り扱える薬師が、ここには二人しかいません。そして、それは私ではないのです」

「その二人は貴族の薬師？　あなたのほかは全員、貴族の薬師よね？」

「そうです」

「では、あなたにしか頼めないわ。なんとかならないかしら」

異世界薬局の薬師の中でアメリだけが腰に杖《つえ》を挿していないので、平民薬師だと分かったのだろう。貴族の情報ネットワークを通じて、ことが明るみに出ることを恐れているのだろうか、とアメリは思考を巡らせる。

どうしていいのか分からない。もう少しでパニックになりそうだ。

（確かにファルマ師は宮廷薬師……。他国、プロセン王国の王妃の堕胎にかかわり、罪に手を染めることはできない。エレオノール師も伯爵家の高貴なお方……。異世界薬局には、平民の薬師が私しかいない。でも……私には堕胎薬は取り扱えない、どうすればいいの？）

ファルマは堕胎薬草のひそかな蔓延《まんえん》を憂い、「安全な経口妊娠中絶薬はある」としながらも、聖帝エリザベスの勅許店である異世界薬局にはまだ堕胎を希望する婦人が訪れず、一度も使ったことがない。

堕胎を希望することはすなわち、罪に手を染めることだ。神殿の影響下にある国々で合法的に堕胎薬を使えるのは、母体保護の目的か、稽留《けいりゅう》流産の場合のみ。

（ファルマ師の現代薬を使えなければ……薬局の外で伝統薬で堕ろす？）

伝統薬の中にも、中絶を誘発する処方はある。サン・フルーヴ帝国医薬大に入学する前は三級薬師であったアメリは、もちろんそれらの方法を知っている。

辺境で小さな薬店を営んでいた平民薬師であるアメリの母から、かつて帝国に存在した哀れな売春婦たちを救うため、あるいは食糧難の際に子供の数をコントロールする方法として、平民女性薬師の間で代々伝わってきた処方を教えてもらった。

有名で、かつ古来よりひそかに用いられてきたのは、ペニーロイヤルミント、タンジー。その他はイヌハッカ、セージ、ラベンダー。硫酸鉄、塩化鉄、水銀、アヘン、果ては蟻《あり》をすり潰《つぶ》したもの、ラクダの唾液。妊娠後期に効くといわれる過激な方法としては、ジャンプを繰り返すもの。

だが、どれも有効性に乏しく、中には中毒を引き起こすものもあり、母体にも危険でファルマの教科書では全て禁止されている。

中毒死のおそれもあることから、ローザリンデのような王妃の地位にある者に使えるものではないし、異世界薬局に所属する薬師の一人として、こういったものに手を出したくない。

ファルマの教科書に第一選択とあるのは、『ミフェプリストン』と『ミソプロストール』。

妊娠の維持に必要なプロゲステロンの作用を阻害するミフェプリストンを先行して投与し、二十四〜四十八時間後に子宮収縮を引き起こすミソプロストールを投与する。

この二つの薬剤を併用使用することで、妊娠初期ならば九〇％以上の確率で妊娠中の中絶を引き起こす。妊娠期間が長くなれば追加の対応が必要となり、中絶が不完全になる確率も高くなる。

（今、妊娠七週目なら……二剤の投与で中絶できるはず）

だが、二つの薬剤はアメリには合成できない。さらに禁忌もある。

子宮外妊娠の場合、使用すると卵管破裂のおそれがあるが、子宮外妊娠をしているかどうかアメリには判別がつかない。腎臓に障害がある場合、薬剤アレルギーのある場合なども使えない。

アメリは極限まで悩みに悩んで、今日は出せない、方法を考えさせてくれと告げると、王妃は「明日も来るから」と逃げるように店を去っていった。

(今頃、プロセン王国では王妃が失踪して大変なことになっているのでは)

まだ新聞などでは報じられていないが、潜伏生活は長くは続かないだろう。

国を抜けて来ているのだろうから、あまり待たせることもできそうにない。


アメリは彼女を見送った後、茫洋《ぼうよう》として調剤室にあるファルマの教科書を繰る。

「先ほどの方、発熱しているように見えましたが、いかがでしたか?」

教科書に目を落としていたアメリに、ファルマがそっと声をかける。

「ファルマ師……あ、あの、大丈夫です。一人で対応できます。また明日来られるそうなので」

びくりとしてアメリは竦《すく》む。言い訳をすればするほど恩師を欺《あざむ》くことになるが、アメリにはどうしようもない。

その慌てように何か気付いたのか、アメリが何か言う前にファルマは忠告する。

「基本的なことですが、処方と調剤薬監査には二人の薬師が必要です。アメリさん一人での調剤はできませんので、情報は共有してください。婦人科の疾患で、患者さんが男性薬師の診察や監査を拒絶されているなら、エレオノール師に監査を依頼してください。そのために私は女性薬師を必ず二人同じシフトになるよう配置しています」

（だめ。エレオノール師をまきこめない。でも、この秘密は抱えきれない……）

アメリはどうしてよいものか分からなくなった。

（王妃様にはお気の毒だけど……）

断ってしまうのがいい、それが無難だ。

独断で他国の王妃の堕胎に関わっても、薬師として何ひとついいことはない。

王妃の立場や命を救うことはできるかもしれないが、アメリに対する見返りはないといってよく、せっかく苦労して取得した一級薬師の資格を失うことになるかもしれない。

しかし、断ったら彼女はどうなるのだろう……？

彼女の懸念するとおり、宰相に殺されてしまうのだろうか。

あるいは、彼女自身で危険な方法で堕胎を試みるのだろうか。

もしくは、腕の怪しい薬師にかかり、詐欺まがいの薬を飲むのだろうか。

アメリは懊悩《おうのう》する。

知っていて見殺しにすることになるかもしれない。

「なるほど？」

ファルマはアメリが無造作に置いている教科書のページを見て頷《うなず》いた。

「そうでしたか。あのご婦人は経口中絶薬が必要なのですね」

「あの……」

ファルマは竦みあがったアメリの懸念を飲み込む。

「一度お会いして色々と確認しなければなりませんが、私なら出せますよ、ミフェプリストンとミソプロストール。隠しておいてほしいということなら、内密にやります」

「……っ」

アメリは観念して、ファルマに経緯を説明した。

「事情は分かりました。現行法では、中絶は重罪ですよね。それは神殿の教義に基づいています。三日後に神殿の定例会があるので、私が神殿とエリザベス聖下に奏上して中絶を合法化します。そのあとなら、全世界で合法的に中絶ができます。今後、同様のことがあっても、プロセン王国支店の薬師にも根回しができます」

ファルマは彼女のカルテを見ながら、すらすらと今後の計画を述べる。

アメリはファルマの言葉に光明を見出《みいだ》しつつも、疑問がわいてくる。

「神殿法を変えるなんて無茶です！　もう何百年も変わっていないんです。議題にすらのぼらないと思います。今年や来年のことにはなりません、その間に赤ちゃんは育って……間に合わなくなります」

中絶の禁止は、神殿の教義の中で何百年と変わらなかった伝統的な戒律だ。改正を提案しただけで、異端審問を受ける可能性もある。

それなのに、ファルマは平然としている。

「変えられます。理不尽な法を変えられなければ、私がこの立場にある意味もありませんからね」

「立場？　宮廷薬師のお立場ということですか？」

アメリがきょとんとする。

ファルマはそれには答えず、曖昧に微笑《ほほえ》んだ。

「まあ、少し待っていてください。妊娠週数は何週ですか？」

「七週です」

「では、三日で発令を要請してきます」


ファルマの予告どおり、それから三日後に神殿法の改正があった。

多くの改正事項とともに、避妊や妊娠中絶の合法化の条項も含まれていた。

改正は百か所以上と多岐にわたるため、妊娠中絶の項はそれほど目立たなかった。

「さ、変わりましたよ」と涼しい顔でアメリに告げるファルマに、アメリは恐れをいだく。

神殿法の改正なんて、これまでなされたこともなかった。アメリには疑問ばかりが浮かぶ。

「なぜ……ファルマ師に神殿の法を変えられる権力が？」

「まあ、あまり気にしないでください。これでプロセン王国での処方ができますよ」

「どうやって王妃様に近づきますか？」

「来週、サン・フルーヴとプロセン王国の両宮廷医師、薬師団での合同医薬研究会が予定されています。筆頭宮廷薬師として私の兄が参加する予定でしたが、代役を立ててもいいので、私が代わりに行って王妃様に中絶の処置をしてきましょう。宮廷にはアメリさんは入れないので、私が対応を引き継ぎます」

「さ……さすがです。ありがとうございます」

ファルマはまだあどけなさすら残る十七歳の少年だが、アメリにとっては頼れる師匠であり、上司であった。ファルマに相談して、なんとかならなかったことはなかった。

「あなたは王妃様を守ろうとしたのでしょうが、医療従事者には守秘義務がありますから、私がどこかへ内通したりすることはありません。あまり悩みを背負わずに相談してくださいね。少なくとも、一人で対応しようとするのは患者さんの利益になりません」

ファルマは優しい口調ではあるが、それでもしっかりと念押しをしてくる。

「は、はい……。でも、意外でした。ファルマ師は中絶を容認されるのですね」

「ええ。アメリさんは母親の自己決定権と胎児の命、どちらを尊重すべきだと思いますか？」

「今回は……王妃様に自己決定権があると思います」

アメリは迷いながらも決断を出した。

「選択の優先、生命の優先、どちらをとるかは難しい問題です。きっと永遠に答えはでないでしょう。しかし今回に関しては、妊娠を継続することで王妃様の命が狙われていること、強姦《ごうかん》による妊娠ということもあり、中絶が妥当かと思われます」

ファルマの確固とした判断を聞いたアメリは、自分が間違っていなかったのだと追認してもらったように感じた。

◆

その後、ファルマはパッレの代理としてプロセン王国へ赴き、アメリに話して聞かせたとおりのことをして戻ってきた。

王妃に薬を渡し、ミソプロストール投与四時間以内に流産が起こった。

王にも、侍医団にも気付かれなかったという。王妃はほっとしていたとのことだった。

後日、アメリに王妃から親書が届いた。

堕胎を行った時期に、宰相はある日突然神脈が閉じ、神力を失って問答無用で平民へ落とされたそうだ。宰相は神脈をあけてくれと神官に泣きついたが、神殿の秘術を用いてもどうにもならなかったとのことだった。

王妃は王との関係は以前と変わらず良好で、出血もおさまり、体調も回復してきたようだ。

王妃は堕胎を行ったことで神罰を受けることも覚悟していたそうだが、神罰を受けたのはどうやら宰相のようだ、と締めくくられていた。

お世話になったからと、王妃から小切手が同封されており、かなりの金額が記載されていた。むろん、口止め料も入っているのだろう。

「ファルマ師にご相談したら、全てがうまく回りました。守護神様はみておられるのですね」

アメリはそう言って受け取った親書を握りしめ、薬局の庭から空を仰いだ。

「どうでしょうね」

ファルマはアメリの言葉を流して、大きく伸びをした。

「ところで以前、アメリさんは何か私に相談があると言っていましたが。あれは何だったんです？」

ファルマは知っているぞという顔をしながら、白々しく尋ねる。

「何でもないです！　もう少しだけ……頑張ってみることにしました」

「また何かあったら、いつでも」

「はい」

アメリの退職の話は、ひとまず白紙となった。

六話　別解

一一五二年八月十二日。
エメリッヒとジョセフィーヌ夫妻が新婚旅行を終え、帝都に戻ってきた。
教授室のテーブルにずらりと並べられたお土産を囲みながら、研究室メンバーが土産話を聞く。
現在、ファルマの研究室には現在在籍しているのは、
教授　ファルマ・ド・メディシス（十七歳）
准教授　ファビオラ・デ・メディチ（二四歳）

大学院生　エメリッヒ・バウアー（三〇歳）
大学院生　ジョセフィーヌ・バリエ（二七歳）
学部生　パトリシア・ニコ（十八歳）
学部生　モルガン・ニコ（十八歳）
秘書　ゾエ・ド・デュノワ（二六歳）

相変わらずそれなりの大所帯だが、教授のファルマがもっとも若いという風変わりな研究室である。

エレンは異世界薬局のDGに専念するため、講師を辞した。

ファルマは先々のことも見越して、二年前からノバルート医薬大薬学講師であった二四歳のファビオラ・デ・メディチを准教授として受け入れていた。

ファルマがファビオラの採用を決めたときには彼女との面識などはなかったものの、ド・メディシスとデ・メディチという姓が同じなので血縁なのではと調査した結果、はとこだということが分かった。ブリュノに聞いてみたが、他国の親戚と付き合いはないと言っていた。

ファビオラは学生の指導にも長《た》けたバランス型の研究者であり、水属性の負の神術使いで薬神を守護神に持つ、オーロラカラーの珍しい髪と瞳の色で小柄な女性だ。だが、顔立ちはド・メディシス家の誰とも似ておらず、年齢のわりに童顔に見える。

研究特化のエメリッヒとともに、研究室の運営を続けてくれそうだ。

パトリシアとモルガンは今年研究室に入ってきた男女の双子で、異世界薬局関連会社であるメデイークの女薬師の子女にあたる。

二人とも若葉色の髪と瞳のよく似た顔立ちで、先端の医療を学び、研究者として世に成果を還元したいという意欲に溢《あふ》れた才気煥発《かんぱつ》な学生だ。

彼らは、新規抗体製剤の開発をテーマに研究に取り組んでいる。

「長々と休暇をいただいてしまい、申し訳ありませんでした。留守中に何か変わりはありませんでしたか？」

エメリッヒとジョセフィーヌは、さりげなく互いに寄り添ってソファにかけている。

さりげなく縮まった距離に、新婚旅行で仲が深まったらしいなとファルマは微笑《ほほえ》ましく思う。

ゾエはお茶を飲みながら、面白そうに終始ニヤニヤしていた。

「こっちはいつもどおりだったよ。二人とも楽しんできた？」

「ええ、思い切り羽をのばしてきました」

この世界での新婚旅行は挙式後一か月間が通例だが、早めに戻ってきたのは研究のことが気になったからだという。

「そんなときに、研究のことは考えなくていい。メリハリをつけなきゃ」

「それを教授には言われたくないですね」

エメリッヒが体裁わるそうに反論する。研究室は独身メンバーばかりなので結婚生活がどういったものか誰も分からないのだが、少しは仕事のことを忘れてほしいとファルマは思う。

だいたい新婚旅行中、エメリッヒはポストカードを出しすぎだ。「あの実験、ちゃんとやってくれましたか!?」という内容ばかりで、ファルマに手紙を取り次ぐゾエが若干引いていた。

「わたくしなんて休日の予定も何もないから、研究室に来るしかないんですの。新婚夫婦がいそいそ舞い戻ってくる場所じゃありませんことよ」

ファビオラは聞かれてもいないのに悲しい告白をしていた。彼氏いない歴＝年齢らしい。この容姿と知性でなぜモテないのかとファルマは疑問に思っていたが、キャラが濃いのと急に自虐を始めるのが理由だろうなと最近では分かってきた。

とはいっても、うちの家系も大概だったなと振り返る。父は子にキラキラネームをつけるし、兄は有能でモテるがナルシストだし、妹はあの調子で、どうしてこの家系はこんなクセが強いんだろう、とファルマは自分を差し置いて残念に思う。

ファビオラはデートを申し込まれること自体は多いが、二回以上続かないと悩んでいた。

「こんなわたくしを哀れに思ったら、素敵な殿方を紹介してくださいまし」

「う、うん……いい人がいたら」

ファビオラに紹介できる異性が思い当たらないファルマは、そう言って流すしかない。

ジョセフィーヌが空気を読んで、お土産の紹介にうつる。

「こちら、お土産です。まずは古都ドレドの名産の象嵌《ぞうがん》細工の小物入れで、木彫りに貝殻を埋め込んでいるんです」

一人一人にお土産を手渡しながら、ジョセフィーヌが説明する。

「かわいいデザイン！　持ち運び用のアクセサリーケースにします！」

「まあ、まだ見ぬ殿方とのジュエリーを入れることにしますわ」

「私は記念切手を入れる箱にします」

ゾエは素直に絶賛し、ファビオラは重めの言葉を発し、パトリシアは素朴な用途を述べた。

ファルマとモルガンのものは男性用の小物ケースで、女性用とは少しデザインが違う。それぞれの趣味に合わせて選んでくれたのが分かって微笑ましい。

「ありがとう。ネクタイピンを入れようかな」

ファルマもコメントを述べておく。

「それから、名産の薬草酒を。アプサンです」

「これ臭いけど好きなの！　スプーンの上の角砂糖にたらして飲むのよね。今日のアペロにいただくわ」

アペロというのは、夕食の前の軽食の時間だ。ゾエが臭いけど好きと言っているので味の想像がつかないが、ファルマはいつもの癖でレシピを確認する。

「アプサンにはアブシンティムが入っているよね？」

帝国ではファルマの上奏によって、アブシンティム（ニガヨモギ）を含むレシピには食料品、薬品、嗜好品《しこうひん》全てに禁令が出ている。

禁令をもちかけておきながら、裏では禁制品を楽しんでいたなどという醜態をさらすわけにはいかない。

「さすが教授、つっこんでくださると思ってました」

ジョセフィーヌがくすりと笑う。

パトリシアとモルガンは要領を得ないらしく、顔を見合わせている。

「アブシンティムのツジョンが入っているのでしょう？　サン・フルーヴでは禁制品にあたらないかしら」

ファビオラも、こんなときは聡明《そうめい》な薬師の顔つきになる。

とはいえ、サン・フルーヴ帝都で義務付けられている原材料表示は他国では徹底されておらず、原材料が書いてあるのは稀《まれ》だ。

「アプサンの中には、アブシンティムに含まれるツジョンが中毒を引き起こすことがあると、教授の講義でも取り上げておられましたね。これは地元の薬師が苦心して生み出した、アブシンティムは入っていないアプサン、名前こそ同じですが代用品です。味もさほど変わらず、なかなかおいしくいただけたので」

「へえ、それではいただくね。ありがとう」

ファルマは礼を述べて受け取った。

一から十まで確認しなくても、打てば響く。教え子二人の見識と抜かりなさが頼もしい。

「そっちの二人はきょとんとしているけど？　調査課題が必要？」

ファビオラは見逃さない。

「復習しておきます！　まずアプサンに毒があるってことすら知らなかったです。そういえば最近売ってないなと思ってました」

パトリシアとモルガンは背筋を伸ばして元気に降参した。パトリシアは小さく舌を出していた。そのほかにもお菓子などをいただきながら、ファルマが礼を述べる。

「たくさんお土産ありがとうね。お土産話も聞きたいかな」

エメリッヒは故郷スパイン王国での滞在中、異世界薬局系列店の認証章を至るところでみかけたそうだ。他国でも医療体制が整い始めた様子を目の当たりにしたとのことで、ファルマはその話を聞いて報われたように思う。

「異世界薬局の薬で、小規模な病原性大腸菌の流行を抑え込んだそうですよ」

「都市全体の衛生向上に伴い、感染症の流行が劇的に抑えられているようです。スパインの旧友もそう言っていました」

ファルマはもうじき世界中を俯瞰《ふかん》してみることはできなくなるが、ファルマの見えないところで誰かが助かっていたならそれは本望だ。

少しずつ、手の届く範囲から民間の力で改善していってほしい。

「ですが……」

「どうしたの？」

異世界薬局系列店の大盛況の裏で、幼少期を過ごした町で伝統薬を取り扱う薬店がひっそりと廃業寸前に陥っており、店舗もみすぼらしくなっていた。

それを見たエメリッヒは、これはまずいとスパインの薬師ギルドに新しいレシピを書き残して延命を図ってきたようだ。

しかし、それは一時的なことでしかなく、需要の変化には耐えられない。

（やはり、エメリッヒも以前の俺と同じことをしているな）

現代薬と伝統薬の問題はファルマも悩んで、対応に苦慮していた。

よりすぐれた技術が打ち立てられたとき、そうでないものを途絶させるか保全するか。

現代薬は多くの人を救うかもしれないが、古いものを駆逐することは、誰かを飢えさせたり不幸にしているのではないか。

「伝統薬はこのまま役に立たないものとして淘汰《とうた》されて、すたれてしまうのでしょうか」

ジョセフィーヌは迷いながら尋ねる。

ファルマもこのことに関しては、明確な答えを持っていない。ただ、移行期間は必要だと思う。

「それはないと思います。私たち医療者は、よりよい薬、より正確な情報、よりよいアウトカムを求めて患者さんに医療を提案しようとしています。しかし、それを懐疑的なものとして見ている人もいます。個人の特性として、どれだけ有効性を説いても新しいものを受け付けない人もいるのです」

「私の親がそうです。娘の言うことを聞かず、老舗のポーションを毎日のように飲んでいるんです。ああいう人たちですから、諦めています」

ジョセフィーヌの言葉には説得力があった。

「私の亡き父は、ファルマ教授の新しい医療を受けたかったと思いますね。教授と出会ったから、私と、妹弟全員の命が今あると思っています」

尊敬する薬師の父を難病で亡くし、壮絶な最期を見届けたエメリッヒは悔しそうに拳を固める。

「仮に、致命的な感染症の重症化をほぼ完全に防ぐが、ごくわずかに副反応や副作用、有害事象を伴うとされる薬があったとしましょう。その薬を、人々は全員飲みたがるでしょうか」

ファルマは声を抑えて尋ねてみる。

「そんなの、飲むに決まっています！」

エメリッヒは食いつかんばかりに勢いよく答える。絶対の確信を持っているようだが、ファルマはその自信を危うく思う。

ジョセフィーヌは何か思うところがあるのか、微妙な顔をして首を傾けている。

「そう単純ではないのですよ」

ファビオラの瞳に暗い影が宿る。

ファルマはファビオラに同調するように、残念そうに頷《うなず》く。

「実際には、全員は飲まないんです」

ファルマはなぜかというと、と一つ一つ指を折って説明する。

「理由は多岐にわたります」

感染症のリスクを低く見積もる人。

薬のデメリットを過大に見積もる人。

薬を飲んだ直後に起こった因果関係のない事象と、飲んだ薬との関連を疑う人。

任意の誤情報を得て、薬を飲むのを躊躇《ためら》う人。

有効率が操作されているのではと疑う人。

病気の存在を信じない人。

薬師の儲《もう》けのために、ありもしない病気をでっちあげていると言う人。

不安が強すぎて飲めない人。

急速な変化を受け入れられない人。

飲むと子孫に悪影響が出るのではないかと恐れる人。

感染症の流行地から遠い場所に住んでいる人。

今は無事でも数年後に死ぬと思い込んでいる人。

個人の信条や宗教に反するために飲みたくない人……とファルマは例示してゆく。指折り数えていたファルマの指が足りなくなっている。

ファビオラも、横で同意するように頷いている。

「そういった人たちの拒否感は相当なものですわ。わたくしも会ったことがありましてよ」

これまでの患者に思い当たる節があるのか、ファビオラは何とも言えない顔をしている。エメリッヒは臨床経験に乏しいが、臨床現場に長くいるファビオラは特に経験があるのだろう。

「そんな、効くのにですか？　飲めば効くと分かるのに？　生還した人がどれだけいても？」

エメリッヒの声が教授室内にむなしく響く。

その無力感を肌で感じ、ファルマもやるせなさがつのる。

「そうです。割合に差はあれ、時に抗議のために命を断ってさえ、全員が飲むことはないんです。

その人たちの心には、大多数の人々の〝効いた〟という声は届きません」

ファルマは常々思っていることがある。

「薬師を信頼してくれる目の前の人を大切にするのは当然ながら、薬師のもとから去った人をこそ、気にかける必要があると思います」

社会からの疎外感、孤独感、苦痛、不安。

それらを抱え、ファルマがもたらした医療に憎しみを抱えている彼らのことを、いつも思う。

医療を受けるか否かの決定は任意で、強い言葉で単純化できるものではない。だからこそ、とりわけコミュニケーションが難しい。医療者が彼らの無知や間違いを責めたり、信頼できるデータを提示しても、彼らが救われることはない。

「ひるがえってみると、人々は分業によって、助け合って社会生活を成り立たせています。それによって、私たちは衣食住全ての工面を自力で行わなくとも生きてゆくことができます」

「ずいぶん基本的なところに立ち返りましたわね」

ファビオラは脱線したように感じたのか、失笑している。

「薬学の専門家たる薬師には技能の蓄積や合理的な知見がありますが、しばしばそれを人に正確に伝え、理解してもらうのは難しいのです。理解を得ることができなかった人々を相手にしない、それは可能かもしれません。ですが、その後彼らが薬師にかかることはなくなるでしょう。彼らは、薬師は信用ならないのだと子孫に伝えます」

「そうやって、孤立して先鋭化して、助かるはずの人々が助からなくなってしまうのですね」

エメリッヒは医療コミュニケーションの難しさに悩んでいるようだ。よかれと思っても、届けたい相手の心には届かない。

「顔が見えない人たちのことを忘れないで。敵視しないで。彼らの気持ちに寄り添うことを諦めてはいけません。そういった人々がもし、私たちの取り扱う新薬ではなく、住み慣れた町の何代も続く薬店で、顔なじみの薬師が出してくれる、よく知れた味の伝統薬ならば飲んでもいいと思ってそこに買いに来てくれるのなら、そのつながりを断ち切るべきではないと思います。その間は、人々の生活を支えてきた伝統薬は一定の役目を果たし続けるのだろうと思います」

「でも、もっと効く薬があるのに古いものに固執しても患者さんの利益につながりません。なんとか説得できないものでしょうか。みなが高等教育を受けることができれば……」

ジョセフィーヌはもどかしそうにしているが、解決策はそうではないと分かっているのだろう。

そこでファルマが言葉をつなぐ。

「どんな高等教育を受けても、薬や治療を拒否する人は必ず出ます。ですから、私たちにできる支援は、伝統薬のレシピの改善や、文化としての保全、有害なものとそうでないものの振り分け、平時は伝統薬で、緊急かつ重篤な場合は現代薬へ切り替える、などの柔軟な対応なのではないかと思います。世代が変われば、薬も知識も最適化されてゆくでしょう」

ファルマが薬師として彼らの人生に関われることは、そう多くはない。

誰かの人生に対して、責任を持って正解を出すことはできない。

ファルマにできることはただ、この世界を少しだけ快適にして去ってゆくこと。

そんな、ちっぽけな存在でしかいられないのだと思う。

「私たちは互いに敵ではない、人類という群れです。みな社会の一端を担う仲間です。それを忘れないように、どうか見えない人たちのことを気にかけていてください」

「教授とお話ししていると、自分がいかに狭量かと思い知らされます」

エメリッヒが肩をすぼめて恥じ入るように俯《うつむ》いたので、彼らからのお土産と引き換えに、ファルマは留守中にまとめておいたデータを渡した。彼らが一番欲しがっていたものだ。

「こ、こんなにデータが！　教授にお任せするとやはり進捗《しんちょく》が段違いですね」

エメリッヒの仮説を補強するデータを提示しながら、ファルマは結果を説明する。

「二人の下準備がうまくいっているからこそだよ。ファビオラ先生にも手伝っていただきました」

「手があいた時間にやったのよ。大したことじゃないわ。新しい実験手法を学ぶのにうってつけでしたの」

二人はファルマとファビオラに礼を述べる。

「先生方、ありがとうございます。すぐにまとめに取りかからなくては。わくわくしてきました」

エメリッヒは喜んでいる。

ファルマは喜ぶ二人を眺めながら、午後の作業に取りかかるために腰を上げ、大きく伸びをする。

「……果たして人が健康であるとはどんな状態なのか。そう問いかけながら、医薬の道に進んだ私たちは私たちの仕事をしましょう」

何が最適だったのかは、歴史が示してくれるだろう。

ファルマはエメリッヒたちが戻ったので、ファビオラを招き入れて丁寧に指導をしてゆく。

何年先もの展望を見据えて、抜かりのない研究計画を立てる。

そこに自分がいてもいなくてもいいように。

◆

聖帝エリザベスは宮殿の一室でブリュノとテーブルに向かい合って、二人きりで密談をしていた。

室内にいるのは二人だけで、侍従も含めて厳重に人払いがされている。

「ファルマの様子はどうだ」

エリザベスは紅茶を飲みながら、おもむろにブリュノに切り出す。彼女の前には、ブリュノの用意した莫大《ばくだい》な資料の山が築かれている。

「表向き、これまでと変わらず過ごしています。少しずつ仕事の引き継ぎを行ってフェードアウトを図っているようです」

「何を企《たくら》んでいるのであろうな」

エリザベスは目を眇《すが》め、頬杖《ほおづえ》をつく。

「身辺整理というものでしょう。墓守と刺し違える気でいるようですから」

「墓守……か」

『墓守』という言葉の出現に、エリザベスは忌々《いまいま》しそうな顔つきになり、口調も重みを増す。

「墓守とは、あらゆる世界からの生者と死者の意識の集合体で、それらは緩く情報を共有し、共鳴しあって集合自我を形成している概念のようなもの。そなたはそう申したな」

エリザベスは手元の報告書をもとに、ブリュノに確認する。

ブリュノは数年にもわたる神殿の文献研究のなかで、墓守の自我の操作方法の仮説検証を行っていた。

「御意。墓守とは、晶石の単位格子に閉じ込められた意識の集合体です。集合自我の結合様式を変えれば、巨視的には墓守の意識も変わります。生者である我々も墓守の一部を成しているのです」

「我らも墓守の一部……余には難しい話よのう」

エリザベスはブリュノの言葉を反芻《はんすう》するように呟《つぶや》き、体をソファに沈めながらけだるそうに天井を仰ぐ。

「そなたは薬神の計画の裏をかき、世界の理《ことわり》を変えようとしておる。しかし、不思議なものだ……晶石の作り出す単純な構造が、自我を持つということがあるのか」

「はい。類似例として、我々の脳を挙げることができます。晶石記憶の情報網は、俯瞰的には人の脳の構造と精神活動に相似しております」

ファルマから脳の構造と機能を学んでいなければ得られなかった仮説だ、とブリュノは説明する。

ブリュノは多くのヒントをファルマから与えられてきた。なぜかファルマはその仮説にたどり着くことはなかったようだが。

「守護神にまつわる膨大な禁書群を解析しますと、墓とは晶石情報の番地を示し、墓の間で晶石を介して内部情報の交換が行われることで、情報の指向性ができます。その巨大な情報網の奔流から生じたのが、墓守という観測者の自我なのです」

「つまり、晶石の配列に干渉し意思決定にかかわる領域を変更すれば、墓守の意思を操れると？　あたかも脳の一部を破壊するかのようにか？」

ブリュノはエリザベスに計画書と設計図を差し出す。

そこには、しかと図表が組み込まれた、何冊にもわたる綿密な計画が記されている。

「はい。晶石を介して理《ことわり》の一部を破壊することで、この世界から異能の力を消滅させますと、神力によって駆動していた鎹《かすがい》の歯車は副次的に崩壊します」

「歯車を止めれば？」

「この世界の破綻を食い止めることができましょう」

世界の至るところに散在する晶石の性状を取り寄せて一つ一つ分析し、神術と呪術を駆使した晶石のネットワーククラスタの設計には、随分と時間がかかった。

その検証の過程には、数学者や神官、神術学者ら、呪術師、多くの研究者たちがかかわった。

試行錯誤は日夜繰り返され、ようやく一つの答えへとたどり着いた。

「ファルマはどうなる」

「私どもの計算では、彼は集合自我の中へ緩く組み込まれ、新たな理《ことわり》をつかさどる造物主となるのでしょう」

つまり、滅びを許さず、人工の神を造って永遠の生を授け、次の墓守にするのだ。

世界が終わるその日まで、この先何十、何百、何千、何億年も……。

生命の営みの輪から外れ、命あるものを俯瞰し、彼の傍らを無数の命が通りすぎてゆく。

（この世界の誰もが彼の消滅を受け入れられない。しかしファルマの存在を保全するこの別解は、果たして死という営みを肯定する生身のファルマの心を救うのだろうか）

ファルマを救おうとして、彼の自由を簒奪《さんだつ》し、新たな生贄《いけにえ》を作り出そうとしてはいないか。

エリザベスは懐疑の念を抱きながら、彼の胸中を案じた。

七話　さよなら

一一五二年八月十四日。

サン・フルーヴ大市が例年どおりに開催され、その影響で通りに面するサン・フルーヴ医薬大は祝日となった。

大市でにぎわう市民たちを微笑《ほほえ》ましく眺めつつ、誰もいないだろうと思いながらファルマが研究室にやってくると、研究室の鍵があいていた。

研究室に踏み込むと、ファビオラが研究室のカウチに寝そべってストッキングを脱いで裸足《はだし》を投げ出した状態で、映写機の映像を見ていた。

あまりにも無防備な体勢だったために、ファルマは声をかけていいものか躊躇《ちゅうちょ》する。

「あらあら。まずいところを見られましたわ」

ファビオラに先に気付かれてしまったので、ファルマは会釈をする。

ファビオラは足を下ろしていそいそとスカートで隠し、ストッキングをバッグにしまい込む。

「ファビオラ先生、お疲れさまです」

ファルマは、なんと微妙な場面に居合わせたと思いながら頭をかく。ファビオラは頭をもたげたものの起き上がる労力を惜しんで、ソファに沈んだ。ふわりと酒気も感じられる。

「ごきげんよう、教授もお疲れさまです。お菓子、一緒につまみます？」

彼女はサイドテーブルの上にたくさん広げられたスイーツやスナック類を指さす。

ファルマは彼女に対面するように腰かけた。

「ちょうど小腹がすいていたので、いただきます。何をしておられたんですか？」

「教材研究ですわ。教授から引き継ぐ講義の映像記録を改めて見ていたんですの」

ファビオラの熱い視線は、フィルムの中の教壇のファルマにそそがれていた。

ああ、そうだったのかとファルマは少し気恥ずかしい。

ファルマが担当した全ての講義は余さず映像と筆記で記録されていて、質疑応答集も完備している。ファビオラはそれを参考に講義の引き継ぎができるようにしている。

「お疲れ様です。何か質問がありますか」

「質問はありましたが、教授の教科書を読めば自己解決できました」

ファルマはパッレとともに細やかな記述を心がけて教科書を作っているので、読めばかなりの部分は独学で身につく。エメリッヒが入学前に独学で教科書を読み込んできたのも懐かしい。

「今日は祝日ですので、お疲れのないようにしてくださいね」

それにしても、職員の労働量は各自の裁量に任せているとはいえ、ファビオラはいつ見ても働いているようだ。幸い診眼では特に健康問題は検出されていないが、彼女の健康が少し心配になる。

「家でも仕事をするしか趣味がないので、だらだらしているぐらいなら出勤したほうがましというものですわ。なにより、自宅は孤独を実感しますの。教授は何かご趣味などはありまして？」

「最近は特に何もしていないですね。ファビオラ先生は何かありますか？」

「わたくし、趣味はドライフラワーづくりですの。まとまった数ができたら、市で売ったりしていますのよ」

ファビオラの居室に飾ってあるドライフラワーの見事なブーケは、確かに高品質な仕上がりだった。あれは手作りだったのだなと感心してしまう。

「ファビオラ先生の神術なら、きっと鮮やかな発色のドライフラワーができるでしょうね」

ドライフラワーは早く乾燥させるほど花弁の色が鮮やかに残り、美しく仕上げるには技量や経験も必要だ。ファビオラの水の負属性の神術で一気に脱水してしまえば、質の高いドライフラワーになるだろうなとファルマは納得した。

今後は神術を使うことはできないかもしれないが、花弁をきれいに保つ方法ならプリザーブドフラワーなどもある。

「今、サン・フルーヴ大市が開催されていますでしょ。ですから、新鮮な花材が気になっておりまして」

「大市には行かないんですか？」

「教え子に会ったらと思うと恥ずかしいですわ」

気まずい趣味でもあるまいし、何が恥ずかしいのかとファルマは思うが、ファビオラにはファビオラの羞恥心があるようだ。

「では、大市を一緒に見に行きますか。私は教え子と会っても特に気にしませんので、私の付き添いと言えば恥ずかしくないのでは」

「まあ！　お付き合いいただいてありがとうございます。教授は何かご用はありますの？」

「知り合いや友人が出店しているので、出品物があるうちに見に行きたいと思っていまして」

今回はロッテが雑貨店を出しているというので、立ち寄ると伝えていた。研究室に立ち寄ったのは、そのついでと言ってもいい。

「そういえば、祝日の教授は研究室に何を？」

「資料を取りに来たんです」

「ふふ。休日にお仕事ですか。わたくしとあなた、働き癖はそう変わらないのではなくて？」

「おっしゃるとおりで」

なんだか似た者同士だなとファルマは苦笑する。異世界でのこととはいえ、なんとなく精神的にも血縁があるのではと思ってしまう。

「たまには外に出て気分転換もいいですわね」

「そうですよ。日光を浴びると精神にもいい影響を及ぼします」

映写機を止めてスナックを片付け始めたファビオラを手伝いながら、ファルマは相槌《あいづち》を打つ。

「自信をなくしていたところだったのです。こうして予習すればするほど、わたくしの生の講義より、あなたの映像音声をそのまま流していたほうが有意義な気がしまして」

「そんなことはないと思いますよ」

ファルマにはファルマの、ファビオラにはファビオラの講義の形があるはずだ。自分のそれが最善だとも思っていない。よく話が長いと言われるし、学生にとっては優しくない。

「うまく言えませんが、あなたとは何かが違いますの。熱量でしょうか。カリスマ性でしょうか。わたくしにはきっと代役がつとまらないでしょう」

「私が映像の中でお伝えした言葉、情報はすぐに古くなります。ですから、現時点での知識が通用しなくなった際には、適切な手続きに基づいて更新し続けてください」

ファルマはこの世界の未来の継続と、学問の発展の可能性を信じていた。

「あなたは、その更新してゆく現場にはいないんですか？　そのお若さですから、病気なども考えにくく。以前より気になっていたのですが、どこか遠くへ行かれるのですか？」

「そうですね……」

ファルマは返答に窮する。

「あー、分かりました、分かりました。そういうことでしたか」

ファビオラが手を打って、急に分かったふうな顔をし始めた。

「駆け落ちなさるのでしょう！」

「ち、違いますよ……誰ともお付き合いしていませんから」

ファルマは、ファビオラからの頓珍漢《とんちんかん》な嫌疑をどう晴らせばよいのか分からない。

「あら、でもネタは上がっていますのよ。宮廷画家の若い娘と逢《あ》い引きしているという噂《うわさ》が……」

彼女が言い含んでいるのは、ロッテのことだろう。そして、今から大市で立ち寄ろうとしている店にロッテがいるというのもタイミングが悪く、彼女の憶測を裏付ける形となる。

「そういった話はありません。シャルロット・ソレルという女性のことでしたら、私の家の元使用人で、幼馴染《おさななじみ》です。時折近況を話したりはしますが、付き合ってはいませんし、お互いに結婚の予定もありません」

お互いに予定もない、は一言余計な情報だったか。

ファルマは縁談の類《たぐい》は全て断っているが、ロッテには猛烈に縁談がある。ロッテも同じように全て断っているというが、いい人がいればどうなるか分からない。

根も葉もない話ではないが、ファルマとロッテとは付き合っていない。真っ向から否定するのも微妙な気がするが、はっきりと否定しておかなければロッテのためにもならない。軽薄な感情ではなく、もっと根本的な信頼関係でつながっているとファルマは思っている。

彼女が支えてくれたから、ファルマはこの世界でファルマ・ド・メディシスに擬態して生き延びることができた。

ロッテがファルマにどのような思いを抱いていようとも、少なくともファルマはそう信じていた。

「そうなの……。彼女とは軽く言葉にできないような間柄だったかしら」

「どういう意味ですか」

「色恋の関係ではないようにお見受けしましたわ」

ロッテとの関係を説明するのは難しい。

「しいていうなら、家族のようなものです」

「そうでしたか。では彼女ではないとして、教授はご結婚はどうなさるつもり？」

返す刀でさらに切り込んできたので、ファルマは言葉に詰まる。

正直、恋愛や結婚を考えられる段階にないし、ファルマ自身もうじきいなくなる。

プライベートな話は控えてほしいと思うファルマだが、それはこの世界では通用しない。

貴族階級では年頃になれば挨拶程度には聞いてくるし、場合によっては見合い話の約束もその場で取り交わされる。

「少し困難な旅に出る予定があるので、誰とも婚姻関係を持ちたくないのです」

「無責任なことはできないというわけ？　戻ってこないかもしれない旅ですの？」

「そうです」

「まぁ。それは困りましたわね」

ファビオラは半分ふてくされて、半分は困ったように頰杖《ほおづえ》をついた。

ファルマの計画を思いとどまらせるネタを考えているのだろう。

「そういうわけで、明日を私の最終講義にしようと思います」

「ええっ!?　どういうわけですか！」

ファビオラはがばっとソファから起き上がって慌て始めたので、彼女の上着に引っかかって落ちたスナック類が床に散乱する。

「ああっ、すみません」

ファルマはさっと掃除道具箱から箒《ほうき》をとって掃除を始める。

ファビオラはまだモグモグしながら、チリトリをスッと構えた。

「最終講義って、最後の講義ですのよ。そんな、告知が急すぎますわ！　晴れ舞台なのですから、大々的に告知もして、できるだけ多くの学生教職員を集めなければ！　ああ、花束の支度もしなくちゃですし」

ファビオラは慌て始める。

「特別な対応は不要で、告知もしないつもりです。普段と同じ心境で聴いてもらいたいので。夏休みを挟んで、引き継いでください」

「断っても、いなくなるおつもりなんでしょう」

「ええ、申し訳ありませんが」

ファルマは涼やかに答えた。そのためにファビオラを後任にしているのだから。

「では、仕方ありませんわね……。後のことは、ご安心めされませ」

ファルマはファビオラに納得してもらうと、気分を変えて彼女とともにサン・フルーヴ大市へと足を向けた。

◆

ロッテの店には長い列ができており、ファルマもファビオラもしばらく待つことになった。

「まあ！　ファルマ様。ようこそお越しくださいました」

接客をしていたロッテが先に気付いて会釈をする。

「こんにちは、ロッテ。繁盛しているね」

ファルマがそう言いながら品揃《しなぞろ》えを見ると、今回は宮廷画家としてではなく、ハンドメイド作家のような立ち位置で出品しているようで、庶民的なデザインの雑貨が多い。

小皿やカトラリー、ガラスのコップ、オリジナル刺繍《ししゅう》入りハンカチ、コースター。

ロッテの多才ぶりに、ファルマはいつも感心してしまう。

宮廷画家の安定した収入に加えて、画壇での成功。仮に帝政が解体したとしても、彼女ならこういった副業で生計をたててゆくことは十分にできそうだ。

ロッテの自立を目の当たりにして、ファルマの心残りが一つ消えた。

「はい！　普段使いにできる雑貨をデザインしたくて。結構人気みたいです」

「まあ。どれもこれも素敵ですわね。おすすめを聞かせてくださる？」

ファビオラはロッテのデザインしたガラスブローチを買って、その場でつけてもらっていた。

「ファビオラ先生は花材でしたよね」

ロッテの店を後にすると、ドライフラワーの花材の店をいくつか回ってラベンダー、紫陽花《あじさい》、千日紅《せんにちこう》、ハニーテール、ミモザ、コーンフラワーなど、ファビオラはリースを作成するための花材を取り揃える。

「たくさん買いましたね」

「ええ、これだけあれば思いどおりのリースができそうよ。でも……」

「でも？」

「青色の花材がほしいのよね……どこかにないかしら」

なかなかこれという青色に巡り会えないようだ。

自然界に青い花というのは殆《ほとん》どない。デルフィニウムなどわずかにあるが、花弁の形状がきれいにドライフラワーにならないのだという。

ファルマは青いバラを遺伝子操作で作出したことがあるが、あれも大きすぎてお呼びではないらしい。

「ファビオラ先生は自作のドライフラワーも作るとおっしゃっていましたよね」

「ええ。スペースが限られるから、少しね」

自室の天井に紐《ひも》を渡し、生花を吊《つ》るして作っているという。

「それなら、例えばカスミソウなど、お好みの白い花材をカラーインクで染めてはどうですか？」

「それも考えたことはあるのですが、うまく染まらないの」

「粒子が大きいと細胞に色が入りにくいのです。染料のレシピを書きますので、そのとおりに作っていただけたらどんな色でも思いのままですよ」

「まあ！　それは楽しみですわ」

ファビオラの目当ての花材をたくさん仕入れて、ファルマは彼女の荷物を持って自宅へ送り、アルコールインクのレシピを書いて渡す。

レシピさえあればカラーインクを自力で再現することができることに、彼女は大層喜んでいた。

◆

翌日。

これで本当に最後の講義になるかもしれない。

心境の整理はできていると思っていたのに、予想に反して感傷的な気分に戸惑いながら、ファルマは大講義室に入り、丁寧に黒板掛けをしておいた。

大講義室には何も知らない学生たちが集まってくる。

その中には、マイラカ族の学生の姿もあった。

現在、マイラカ族は三名が帝国医薬大に入学して、総合医薬学部の課程で学んでいる。

彼の講義を引き継ぐファビオラも、彼女から何かを聞いたらしいラボメンバーも、講義室の一番前に陣取っていた。

講義資料は映像とマニュアルを作成しておいたから、あとのことはファビオラに託す。

第一期生の卒業を見送って、学生を送り出す道筋をつけられたから、講師は自分でなくてもいい。

むしろ、自分でなければいけないという状況を脱することができて、ほっとしている。

そのとき、講義室にエレンが入ってきた。

「ファルマ君」

「エレン！　どうしたの？」

エレンは深紅のドレスを着て、少しフォーマルな装いだ。

ファルマが意外そうな顔をしていたからか、エレンは気まずそうに微笑んだ。

「んー、今日はなんとなくね。ただの一般聴講者よ」

「そっか。久しぶりに聞いてってよ」

ファビオラがエレンに最終講義だと伝えたのかなと詮索《せんさく》したが、エレンに直接は尋ねなかった。


ファルマは講義の冒頭で夏休み前の定期試験のテストを返して、回答の解説をする。

ここまでは私語もあり、学生たちもいつもの調子で聴講していた。

ファルマが教科書を閉じ、次の言葉を黒板に書きつけるまでは。

『究極の医療について』

講堂の空気が数度冷えたかのようだった。

ファルマは医療倫理の講義も受け持っていたが、これまでに医療者の倫理を説くことはあっても、こういった強い言葉、極論を学生に問いかけることはなかった。

何が始まるのだろうと訝《いぶか》しんだのか、異様な雰囲気を感じ取ったのか、学生たちは私語を慎んで口を閉ざす。

今日は学期末なので、少し思考実験をしようと思う。そう伝えたあと、ファルマは導入を始めた。

「私たちは今、患者さん個々の自己決定権を尊重し、限られた生の時間の中で、患者さんご自身の人生の質が保てるよう、希望に寄り添った医療を提供する。そんな医療従事者になれるよう日々努めていると思います。医療技術の力強い進歩によって、私たちは感染症を駆逐し、未知の部分を克服して予測あるいは予防し、慢性疾患や希少疾患、悪性腫瘍《しゅよう》に対する治療薬を手に入れ、健康寿命は伸長してゆくでしょう」

人類を病から解放したとしても、死からは逃れられない。

しっかりと向かい合ってほしい。

究極を求め続けることは、人類に何をもたらすかを。

医療は、病気を治すという段階を踏み越えて、さらに人体を改造し高みを目指すのだろうか。

「それでは十年後、二十年後、百年後……そして究極の医療とはどのようなものでしょうか」

十分に考える時間を与えて、ファルマは手を挙げている学生たちを次々と当てて、黒板に書いてもらった。
・どんな外傷でも救命できる
・感染症にかからない

・何歳になっても健康に子供を出産できる
・薬を飲まなくても貼り薬で治療ができる
・老化しない体を手に入れる
・生殖系列遺伝子治療を可能にし、先天性遺伝子疾患を生じさせない
・平民も神力を使えるようになる
・万能薬を作れる
この世界ではてんで実現不可能なものから、ある程度は実現可能なものまで、発想が口々に聞こえてくる。疾患治療の範囲を超えて、遺伝子ドーピングのような発想も出てくる。ちなみに生殖細胞系列遺伝子治療は、地球においては遺伝子プールの多様性を損なうとして倫理に反している。
・脳を他人に移植する
・脳の情報処理速度を向上させる
・体格、容姿、頭脳など、遺伝子操作によって思いどおりの子供が生まれる
・人工子宮で出産から解放される
ファルマは彼らの意見を否定せず、彼らの着想に至った経緯を想像しながら、希望や野望をありのまま受け入れ、俯瞰《ふかん》する。

「意見をありがとう。では、私たちがテクノロジーの恩恵を得て手に入れ目指す医療の行きつく先は、誰も病気にならず、誰もが老いや死から逃れられ、理想的な子供を手に入れる、そんな未来なのでしょうか。その場合、私たちはどのような問題に直面するでしょうか」

ファルマは現実世界で起こった変革とその功罪を頭に浮かべながら、さらなる問いを投げかける。学生たちにはグループを作ってもらい、とことん話し合ってもらった。

不老長寿に対する問題も様々に提起される。

「誰もが健康で長生きできるなら、人口増加で食糧危機になってしまわないでしょうか」

「住む場所がなくなりますよね」

「もし誰も老いず、死ななければ、社会体制は永遠に変わらないですね」

「権力者が代替わりをしないということになる？」

「失業者が溢《あふ》れて、治安も悪くなりそう」

「私はそんなに長生きしたくないです。孫の顔を見たら死んでもいいかな」

「ずっと働きたくないので、そこそこで死にたいです」

「多分そんなに生きてもやりたいことがない」

「自然に食べられなくなったら、そこが寿命かなと思います」

最初は疾患治療のために用いられるはずの遺伝子工学技術にも、運用や倫理上の懸念が出る。

その疑問に、彼ら自ら直面してもらう。

「遺伝子操作の技術が悪用された場合は？　遺伝子操作で敵国が強い兵士を創り出してしまったら」

「美醜に対するこだわりが強くなるかも」

「親が子供の遺伝子に出生前に手を加えて、子供の意志が親と違ったら？」

「遺伝子操作を受けた人とそうでない人の間に、社会格差が生まれるでしょうか。ああ、でもそれは神術関連遺伝子を持つ現在の貴族社会にもいえることか」

「では、生まれつき能力が優れた人なら特権階級を作っていいの？」

「生まれつきなら仕方がないのでは？」

「生殖医療は許容されるのに？」

活発な意見が飛び交う。学生たちにも千差万別の思想や懸念があり、倫理的にどこまでの介入が許容できるかの線引きも個々によって異なる。

ファルマはさらに意見を広げ、アンケートをとる。

不老、不死、極端な長寿を望んでいる者は少なかった。

日々の生活に不自由なく、適度に健康でいればいい。

病気になったとき、効果が確実で確立された治療法に経済的負担がなくアクセスできればそれでいいという者は大多数だった。

身体強化を望む者、優生学的思想を持つ者も一部に限られた。

ただ、この講堂を出ればさらに多くの意見に直面するだろうとファルマは確信している。

学生たちは、答えの出ない問題を揉《も》み合って、だんだんと疲弊してきた。

「他人の権利を侵害しない範囲で、何をもって人生の満足とするか、百人百通りの答えがあるのです。人類の共存繁栄のためには、医療技術の運用に対して必ず倫理面での慎重な検討と取り決めが必要です」

ファルマは総括する。学生たちにファルマの思いが届いているか、今は分からない。

「私たちの医療はここまできました。あなたがたは、誰もが自分らしく、よりよく生きることができる社会を目指しながら、テクノロジーの恩恵と脅威に思いを馳《は》せ、これから目指すべき到達地点と、その先を見据えていてください」

ファルマは静かに滾《たぎ》る思いを少ない言葉に込めながら、そんな願いで講義を終えた。

普段の講義とは趣が異なっていたからか、学生たちは怪訝《けげん》な顔をしている。

今は分からなくても、そこへ到達しそうになったら、いつか思い返してくれたらいい。

「以上で本日の講義を終わります。ありがとうございました」

ファルマが告げると、ファビオラが顔を真っ赤にして立ち上がり一人で始めた大きな拍手が、少しずつ大講堂に広がってゆく。

傍聴していたエメリッヒやジョセフィーヌ、ラボメンバーたちは唖然《あぜん》としている様子だ。

これで終わりだ、と気付いたからだろう。

少し涙ぐんだエレンが、まっすぐにファルマを見つめていた。

ファルマはやりきれなくなって、いつもより深く会釈をし、壇上から降りた。


「明日、ちょっと人手が足りなくて。お願い。午前中だけシフト入ってもらえない？」

最終講義のあと、エレンがファルマに異世界薬局への出勤を依頼してきた。

ファルマは終活に備えて少しずつシフトを減らしていたところだ。不自然なタイミングだが、エ

レンらはファルマの身を案じて、鎹《かすがい》の歯車へ近づかせず、できるだけ帝都にとどまらせようとしているのだろう。

ファルマはエレンの配慮に感謝しながらも、彼女の気持ちには報いることができそうになかった。

◆

翌朝、ファルマは薬神杖《やくしんじょう》で異世界薬局の裏庭に降り立った。

誰よりも早く出勤したファルマは、異世界薬局の裏口の鍵をあけ、店舗へ入る。

書類の整理や薬剤のチェックをしていると、裏口からロッテが入ってきた。

そこまでは、いつもの朝だった。

「ロッテ、おはよう」

ファルマはいつものようにロッテに挨拶をする。

しかし彼女からの返事はなく、目の前を通り過ぎていった。

彼女は機嫌よく鼻歌を歌いながら更衣室で制服に着替えると、カーテンのタッセルを結び、箒を持ち出してきて掃き掃除を始めた。

さすがにおかしいと思い、ファルマは緊張しながらもう一度声をかける。

「ロッテ」

だが、ロッテはすぐそこにいるファルマに視線を合わせようともしない。

ふと、街路を吹き上げた風が調剤室の窓枠を揺らす。

彼女は箒を持つ手を止めてはたと顔を上げ、きょろきょろとあたりを見渡す。

「？　ファルマ様のお声が……聞こえたような」

ロッテはファルマを捜すようなしぐさをしているが、ファルマとは視線が合わない。

ロッテがほかの部屋に行ってしまうと、エレンが出勤してきた。

ファルマはエレンに声をかけようとしたが——エレンはファルマの前を素通りしていった。

「おはようございます、ロッテちゃん！　ファルマ君はもう来た？」

「おはよう、エレオノール様。私が来たときは裏口の鍵があいていたのですが、まだ誰もきていないようです」

「あら？　昨日の私、戸締まりを忘れたのかしら。おかしいわね、気をつけなきゃ」

エレンは納得がいかないといったように、首をかしげている。

しっかり者のエレンが戸締まりを忘れるということは稀《まれ》だった。

(ロッテ？　エレン？)

目の前に二人がいるのに、彼女らにはファルマが見えていない。

少し大きな声を出しても、聞こえていない。

ファルマはすがるように目の前で手を振っていたが、やがてその手をおろした。

(そうか。そろそろ迎えが来ているのか)

しばらく立ち尽くしながら、まるで幽霊のように彼女らのすることを見ていた。

少しは気配に気付いてくれることを期待していた。

しかし、時間がたつにつれてファルマの存在が終わったという事実が確定してゆくばかりだった。

セドリックとルネがのんびりと出勤し、いつものように走ってきたらしいトムが顔を出す。

シフト表を見るに、アメリは午後からの勤務、ラルフ・シェルテルは非番のようだ。

そこにあったのは、いつもの開店前の風景だ。

ただし、自分だけが欠落した――。

「ファルマ君、どうしたのかしら？」

「ファルマ様、今日はいらっしゃるのですか？」

「きちんと引き受けてくれたから、約束をすっぽかすようなことはないと思うのだけれど」

エレンとロッテがファルマの身を案じているというのが伝わってきた。

「いつもなら、そろそろ来ているはずなのに」

「先に出発されたと思うのですが、どうなさったのでしょうか」

セドリックやほかの従業員らも心配そうだ。

ファルマは彼らの表情を目に焼き付けながら、心の奥底からこみ上げてくるものを必死に押さえつける。

静かに目を瞑《つむ》った。

（……俺は、もういないんだな）

声も姿もなくなっても、存在だけは覚えてくれている。

彼らの記憶の中に、ファルマはいる。

最後に、診眼で薬局内の全員を診る。

これまでと同じく、重篤な疾患の懸念はない。

みな、健やかに日々を生きている。

彼らにとっての日常はゆるぎないものだ。

カウンターのメモ用紙に、急用ができたのでシフトに入れなくなった旨を記載し、ファルマが持っていた異世界薬局のマスターキーをメモの上に置いた。

創業七年目の薬局カウンターには、少し風合いが出てきた。細かい傷もついていて、その由来も少しは覚えている。

(さよなら、異世界薬局のみんな。みんなに会えてよかった)

すぐに効果は消えてしまうだろうが、思いを込めて疫滅聖域を贈った。

存在が消えてしまっても、ファルマの神力はまだ生きている。

「今……何か」

店舗全域の空気が浄化されたのに気付いたらしいエレンが、はっと顔を上げる。

ファルマはもう振り返らない。

何も見えていないエレンを、そして異世界薬局にいる人々を直視できないから。

ファルマは誰にも発見されずに、異世界薬局の正門を透過して出てゆく。

自分で自分の姿は見えているのに、他人からは見えていない。

可視光はファルマを透過している。屈折率はゼロになって。

(今日だったんだな、砂時計の砂が落ち切ったのは)

ファルマはそう実感した。

あたかも人々にとっての死がそうであるかのように、存在の断端は突然やってきた。

いつかはこうなると分かっていたのに、そうだと分かって全ての準備を整えてきたのに。

何も恐れることはない。

全ては計画どおりだ。

それなのに、そうかと受け入れるには抵抗があった。

とてつもなく情けない顔をしているような気がするが、かまうものか。

こんなに大勢の通行人の中にありながら、誰も自分を見ていない。

この世界を名残惜しいと思っているのは、自分だけなのだろうか。

目に映る光景の、この世界の何もかもが愛《いと》おしく懐かしい。


門扉を開けないまますり抜けて、ファルマは異世界薬局の敷地から一歩外へ出る。

街路の陽光も、真夏の熱気も、人々の喧噪《けんそう》も、自らの肌にはなじまない。

ファルマは存在をこの世界から切り取られたように感じながら、幽霊になった心地で大通りを歩いてゆく。

影すらない身で歩き続けると、一歩進むごとに街路を照り返す蜃気楼《しんきろう》に存在がゆらぐ。

空気がとてつもなく重い。細胞の何もかもほぐれて、溶けてゆくかのようだった。

地を踏みしめて歩いていたのに、ついには足音も聞こえなくなった。

そうして、ファルマはいなくなった。

◆

帝都秘報
一一五二年八月十六日　号外。

宮廷薬師にして異世界薬局グループ創業者ファルマ・ド・メディシス師（十七歳）が、八月十六日未明より失踪中とのこと。

近親者に遺書、勤務先へ辞表が届いたことから、帝国、神聖国大神殿合同で、事件と事故の両面から捜索が行われている模様。

師は先月、異世界薬局グループ最高経営責任者を退いていた。

失踪の経緯や動機などは明らかになっていない。

小紙では、師の功績を振り返る。

ファルマ・ド・メディシス師は世界最大のシェアを誇る公私合同の製薬企業を立ち上げ、黒死病、結核、天然痘などのこれまで不治とされていた数々の病の治療薬を普及させ、世界の保健医療に革新をもたらし、ある試算では、創業以来のべ数千万人もの人々の命を救ったと評されている。

一一四五年　帝国宮廷薬師就任
　異世界薬局総本店創業
一一四六年　調剤薬局ギルド創立
　黒死病の防疫と世界的流行の終息に甚大な役割を果たす
一一四七年　筆頭宮廷薬師就任
　サン・フルーヴ帝国医薬大学総合医薬学部教授就任
　マーセイル工場稼働
一一五〇年　東岸連邦樹立を仲介
一一五一年　尊爵位授与を辞退
一一五二年　筆頭宮廷薬師退任
　異世界薬局グループDG退任

八話　波紋と喪失

神聖国の守護神、ファルマ・ド・メディシスが予告なく失踪した。

シャルロット・ソレルは、宮廷を臨むアパルトマンからド・メディシス家の屋敷に一時戻ってきた。そこは、彼女にとっての心の実家とも呼べる場所だ。

一見して以前と様子は変わらないが、邸内の混乱はド・メディシス邸に灯《とも》る明かりがいつもより格段に少ないというところにも見て取れる。

「おかえりなさい、シャルロット。よく帰ってきてくれたわ」

「おかえり、ロッテ」

従前どおりベアトリス付きのメイドで上級使用人を務める母カトリーヌや、使用人仲間らの出迎えに、ロッテは涙をこらえながら身を預けた。

シモン、シメオン、セドリックの疲れ切った顔も見える。家族も同然に過ごした使用人時代の仲間たちが懐かしい。

母の顔を見ると、様々な思いが押し寄せて胸が詰まり、膝がくだけて体に力が入らない。

カトリーヌはあらら、と言ってロッテの体をふわりと支える。

「……ちゃんと食べてる？　食べられていないわね、お前らしくもない。お腹がすいていなくても食べるようにしなさい。皆が心配するわ」

「うん……ごめん、ごめんね。ちゃんと食べるようにする」

ロッテは無理やりにひきつった笑顔を張り付けて、そう返すので精いっぱいだ。

今日は、いつものようにカトリーヌや使用人仲間への手土産も持ってきていない。そんなことに気付く余裕もないほど、精神的にボロボロだった。

使用人たちもファルマのことだけで精いっぱいなのに、余計に心配させてはならない、とロッテは自覚する。泣きたいのなら、別の場所で泣いてから来るべきだ。

　ロッテの個室は引き払ってほかの使用人に譲っているので、当面の帰省の際にはカトリーヌの部屋を使う。

「明日は薬局の勤務が入っていたかしら」

「ううん。しばらくはないわ。エレオノール様が、ド・メディシス家をよろしくって」

「そう……エレオノール様にもお気を遣わせたわね。あの方は強いお方だわ」

　ロッテは異世界薬局の現況を話す。

　あの日を境にしても、異世界薬局グループは全店舗営業を続けている。

　何より、ファルマが薬局の存続を望むだろうということで、エレンが気丈にも店を開けている。

　ファルマの失踪を織り込めず、大暴落している株価のことはもう知らない。

　スタッフの不足と、ファルマの安否を問う問い合わせに対応する要員を補うために関連店舗から応援を呼んでいるが、ファルマの失踪の影響は計り知れない。

　大げさな話ではなく、少しずつ広まりつつある悲報に、帝都市民全体が絶望に打ちひしがれている。

　ロッテは常連客からファルマの不在を問い詰められるたびに、感情を押し殺して応対するエレンの横顔を思い出す。

　痛々しいほどに美しかった。

　それでも、あの場にいた誰もが心の生傷からとめどなく血を流しながらでも、彼の望んだように薬局としての日常を続け、日々の患者を癒《いや》してゆくほかにない。

担当薬師たちは私語を慎み、以前にもまして患者に向かい合い仕事に打ち込んでいた。難病患者の引き継ぎも随分前から行われていて、エレンが「知らない間に軌道に乗せられていたよう」と口にするぐらいだ。

忙しさに身を任せて奮闘する彼らをサポートしながらも、薬局専従でもなく医学的な専門知識を持たないロッテの出る幕はなくなっている。それどころか、足手まといかもしれないと感じた。沈んだ表情は、癒しと救いを求めて人々の訪れる薬局にはそぐわない。

ロッテの懊悩《おうのう》がピークに達していた頃、ファルマの書斎とその持ち物の保全にロッテの記憶が必要だとのことで、カトリーヌからド・メディシス家に呼ばれたのだ。

この世界の慣習として、ファルマに限らず一定以上の地位にある貴族の安否が知れなくなったとき、その財産や権利、証書関連が散逸しないよう、ひとつ残らず記録する必要があった。

ファルマのいた時間をそのままにして現実逃避し続けることは許されない。

どんなに受け入れがたくとも、いなくなった人物は、いなくなったものとして扱われる。ド・メディシス家にも否応《いやおう》なく喪失は押し寄せてきて、それと向かい合うよう強いられていた。

俯《うつむ》きがちだったロッテを気遣って、エレンがそちらに行くよう促してくれたのだろう。

「お母さん、ブランシュ様のご様子は？」

ロッテは身を竦《すく》めながら尋ねる。

ロッテですら日暮《ひぐら》し何も手につかないのに、実妹のショックはいかばかりだろう。

「直接お会いするといいわ。ブランシュ様はファルマ様のお部屋にいらっしゃるから。お食事の準備をしたのだけれど、今朝から何も召し上がっていないわ……」

ロッテと同じように、ブランシュも食事が喉を通らないようだ。

憂慮すべき状態なのか、カトリーヌは言葉を濁す。

ロッテは荷物を置くと急いで身支度を整えて、ファルマの部屋に引きこもっているブランシュを尋ねた。

時刻は夜八時を回っていた。

ロッテは既に独立していてド・メディシス家の使用人ではないので、普段着のままファルマの部屋の扉をノックする。

「ブランシュ様。シャルロットです。ただいま戻りました。軽食はいかがですか？」

ロッテがファルマの室内に入ると、ブランシュは明かりもつけずにベッドに倒れ伏していた。

ファルマのベッドに埋もれるようにして、ぴくりともせず平たくなっている。

ロッテは嫌な予感がして、彼女の安否を確認する。

「ブランシュ様！　ご無事ですか!?」

「……ロッテ。私は大丈夫、ごめんね。大丈夫じゃないのは兄上のほう」

顔を枕に伏したまま、ブランシュは力なく答えた。

ファルマのにおいが残っているだろうか。

いや、彼は薬師という職業柄、香りを身に纏《まと》うことを嫌ったし、彼の皮膚には常在細菌がいないと言っていたので、何もにおわなかった。

あたかもこの世界に最初から存在しないかのように、何ら生の痕跡といえるものがなかった。

彼のにおいがあるとすれば、彼がオフの日につけていた香水ぐらいだ。

「ブランシュ様……」

「どうしてかな……兄上、いなくなっちゃったの」

ブランシュの声は艶《つや》を失いしわがれて、喉は乾ききっているようだ。衰弱しているのだろうか、ベッドの上から起き上がる気力もないようだ。

ロッテは彼女の、実兄の喪失の深刻さを慮《おもんぱか》る。

なんとかベッドの上に支え起こすと、ロッテはブランシュの好きなフレーバーのお茶を供する。

水の神術使いが神力を帯びている間は、常に自身の周囲の水分や湿度をコントロールしている。正属性の水の神術使いの脱水状態は特に危険だというのは、ド・メディシス家の使用人たちの常識だ。最悪意識障害につながるので、泣きすぎてはいけない。なんでもいいから水分を取らせなくてはならない、とロッテは危機感を覚えている。

「これ、兄上が買ってきてくれたやつだね」

ブランシュはまたファルマを恋しがり、彼女の頬《ほお》をとめどなく涙が伝う。

ロッテは、彼女が目の下に大きなクマを作っているのをこのとき初めて見た。

「遺書があるんだって。それも全員分。兄上は、この家にいる家族全員に手紙を残していたんだって。ロッテ宛てにもあるんだよ。もう読んだ？」

ブランシュは顔を覆った指の間から、恐る恐るロッテの顔をうかがう。彼女の瞳には恐怖の色が色濃く表れている、ロッテはそう読み取った。

「そうだったのですね……。まだ、拝読しておりません」

「でも、どうしてかな。兄上の最期の言葉なんて、読みたくないの。読んでしまったら、本当に兄上が死んじゃったような気がして、そうなる気がして嫌なの。母上も父上も家の皆ももう読んでしまって、私とロッテがまだ読んでない」

カトリーヌからも遺書が存在すると聞かされていたが、ロッテはそれを読むのを後回しにしていた。理由はブランシュと同じ心境だ。

「もう、何も考えなくていいかな。大好きな兄上なしに、私はこれからどうやって生きていけばいいんだろう。教えて、ロッテ……」

涙をこらえきれなくなったブランシュの肩に手を添えて、ロッテももらい泣きをして、二人で抱き合って悲しみを分かち合う。

「今思えば、しっくりくるんだ。兄上がどんなに頼んでも私を弟子にしなかったわけも、エレオノール師匠に店を譲ったわけも、これから何がしたいか訊《き》いても答えなかったわけも、私の誕生日に何年先まで使える写真のアルバムに少しだけ写真を入れてくれたわけも、勿忘草《わすれなぐさ》の押し花を一緒に作ったわけも、全部分かってしまったんだ」

あんなにヒントがあったのに、私はなんて能天気で薄情だったんだろう、とブランシュは嘆く。

「兄上は優しい人だったから、色々抱え込んでいたのに誰にも何も言えなかったんだ。それなのに、私は……何も気付かなくて。兄上に何をしてあげられたんだろう」

「ブランシュ様、どうかご自分を責めないでくださいまし」

何もできなかったのは自分も同じだ、とロッテも胸をえぐられる。

同じ思いをしているブランシュに、かける言葉が見つからない。

ファルマなら泣きじゃくるブランシュに何と言うだろう、と考えを巡らせる。

「あっ、ブランシュ様、明かりを消しているので、窓から星がたくさん見えますよ」

ロッテは無理やり元気な声を出して、裏庭に面した窓を勢いよく開け放つ。

空気のよどんでいた室内に、生ぬるく乾燥した夜風が舞い込んできて、まっさらのカーテンが窓際でふわりと揺れる。

窓の外には雲一つなく、晴れ上がった夜空に星が輝いてみえた。

気をそらしたかったわけではない。でも、窓を開けなければと思った。

ロッテは星空に気付いて「あっ」と思った。

「私は、俯《うつむ》きたくなったときは空を見上げることにしています。どんなに暗くても、暗ければ暗いほど明るい星が見えます。ファルマ様の存在は、闇を照らす星のようでした。ファルマ様が悪霊を退《しりぞ》けてくださったので、私たちはまた悪霊におびえず夜を好きになることができました」

ロッテはまだ、「その神力は大陸中に及んでいる」と言っていたファルマが生きているように思えてならない。なぜなら、こんなにもきれいな星空が広がっているから。

ファルマの神力は雲を払い、高気圧をもたらすと彼自身が言っていた。

「ファルマ様もきっと、どこかでこの星空を見ているに違いありません」

「そうかな……だといいな」

ブランシュも少しの希望を糧《かて》に泣きやんで、ロッテに寄り添って窓辺にたたずむ。

ロッテが薬神を見つけたあの夜に、宇宙の奥行きを教えてくれた彼への祈りを込めながら、無事を信じている。

「ブランシュ様、チョコレート食べません？　溶けかけですけど」

「食べる……頑張って元気だす」

ファルマと空の上で神術陣の絨毯《じゅうたん》に腰掛けて星空と地上の星を見ていたとき、信じられないような絶景の中でファルマがくれた溶けかけのチョコレートの、ほろ苦く甘い味をロッテは覚えている。

もう、あの星空は地上から見上げるほかにないけれど……と、二人でチョコレートを食べながら思い出がロッテの胸に詰まる。

「あれ……？」

ロッテは一瞬見間違いかと思ったが、開け放った窓のガラスに、室内からの光源が反射している。光といっても、ランプの光ではない。

もっと人工的な、長方形をした窓枠のような光が、ファルマのサイドテーブルの上に載っている。

「……なんだろう、これ」

職業柄、人一倍光源の位置や質感には敏感なロッテははやる気持ちを抑えて振り向くが、サイドテーブルの上には何もない。

「えっ!?」

窓ガラスには光源が映っているのに、その光源となるものが存在しない。

ロッテは幻を見ているのかと錯覚し、思わず頬をつねってみる。

「ロッテ、どうしたの？」

ロッテは、窓ガラスの反射では埒《らち》が明かないと、ファルマの鏡を持ってサイドテーブルの上を映す。

鏡の中には、やはりはっきりと輪郭と質量を持つ光の板が存在していた。

光板の中には、見知らぬ建物群が映りこんでいる。この光の質感を、ロッテは知らない。

無理やり似ているものをこじつけようとすれば、小さなスクリーンの上に映画が投影されているかのように見える。

そういえば、映画館のスクリーンに投影する以外に映像を映す方法として液晶というものがあり、そっちのほうがきれいに見えるとファルマが言っていた。

何気なく聞いていて概念だけは知っているが、これがファルマの言っていたその液晶という投影方法なのだろうか。実物を見たことがないロッテには、何も分からない。

ロッテが戸惑っていると、光板の一部がさらに四角く切り取られて、その中に手書きのサン・フルーヴ帝国語が書きつけられてゆくのが見えた。

「えっ、えっ!?　鏡を見てください、ブランシュ様！」

ブランシュもロッテに促されて鏡の中を覗《のぞ》き込んで驚く。

「えーっ!? 鏡の中に！」

長方形の光板の中に現れたもの——それは、手紙だった。

誰に宛てた手紙なのかは、すぐに分かった。

【ブランシュ、ロッテ。久しぶり。落雷の日以来だな】

液晶と思《おぼ》しき画面には、見覚えのある筆跡のサインが書かれていた。

ブランシュはチョコレートを取り落として息をのみ、ロッテは思わず呟《つぶや》いた。

「この筆跡……って……」

ロッテは、こちら側と意思疎通を図ろうとする何者かの正体に思い当たる。

彼女は、その久しく見ていなかった特徴的な筆跡を覚えていた。ロッテはファルマが幼少期に使っていたノートを取り出してきて、筆跡を見比べる。

あの落雷を境に失われてしまった懐かしい筆跡が、そこにあった。

かつてのファルマ・ド・メディシスは、どちらかというと角ばった文字を書いていたが、落雷後のファルマの字は癖が強く、まるっこくなっていた。以前とは筆跡が異なっていたため、サインも公的に変更したはずだ。

すっかり新しい筆跡に慣れてしまっていたが、ロッテが元のファルマの筆跡を忘れたわけではない。

「ファルマ様……？」

彼は、落雷に打たれる前のファルマなのかもしれない。

「待って、ロッテ。信じちゃだめ、偽物かも。そうでしょ！」

ブランシュがロッテをたしなめる。

そう言われて、ロッテもブランシュの疑いはもっともだと思いなおす。

危なかった。もし悪霊か何かの仕業であれば、まんまと術中にはまってしまっていた。

ブランシュは涙を引っ込めて、いつでも神術を使えるように腰の神杖《しんじょう》を構えると、杖《つえ》の先端が輝き始める。ブランシュは鏡の中ではなく、サイドテーブルの上の空間を狙うことにしたらしい。

「もしあなたが悪霊ではなくて前の兄上なら、今の兄上が忘れてしまった私の添い寝人形《ドゥードゥー》の名前を分かるはずでしょ。答えて」

ブランシュは、元のファルマでなければ解けないクイズをしかけた。

その名前はロッテも知っている。ブランシュのドゥードゥーは小さなウサギのぬいぐるみで、ココと名付けていた。いつだったか紛失してしまって、今はもう屋敷にはない。

【三歳のときになくしたやつのことか？　うさぎのココだ】

疑ってかかっていたブランシュは完敗だった。文句のつけようもない。

「ほんとだ。小さい兄上だ……」

「ファルマ様です……」

何の引っかかりもなく回答されては、ロッテもブランシュも認めざるをえない。

「一体、何が起きているの？　兄上は元気？　どこにいるの？」

ブランシュは杖を放り出し、ロッテとともに鏡の中を覗き込む。

異世界人のファルマいわく、元のファルマはまだ生きているものの、ロッテたちには近づけない場所にいるとのこと。それがなぜなのか、詳しく教えてくれなかった。

異世界人のファルマがいなくなったから、元のファルマが現れたのだろうか。

【心配はいらない。俺だけではなく、『彼』も今は無事だ】

まるでこちらの答えが聞こえているかのように、鏡の中の世界を通じて筆談と対話のやりとりが始まった。

時間が巻き戻されたように、ロッテはかつてのファルマの記憶を懐かしく手繰り寄せる。

それを嬉《うれ》しく思うと同時に、もの悲しくも思えてしまう。

元のファルマの存在が濃くなればなるほど、ロッテが思いを寄せ、振られ、それでもなお慕っていた、あの異世界人のファルマとの別れがそこに迫っているように思えてならなかった。

【二人に手伝ってほしいことがある。父上の杖の晶石をすりかえてほしい。やってくれるか？】

彼の話を聞き終えたブランシュとロッテは、無理だと言いたいのを我慢して、彼の言ったようにすぐに行動を起こした。

ブリュノは起きているときは常に杖を帯びていて、寝ているときは保管用の金庫に入れている。金庫の鍵束は就寝中も身に帯びており、鍵にふれることができない。保管用の金庫があるなどブランシュは初耳だったが、だとしたら杖の晶石をすり替えられる隙《すき》などない。

では金庫を破壊すればどうかとも考えたが、ブリュノの金庫は特殊なもので、金庫破りはなおさら難しいとファルマは言う。

ロッテとブランシュは、階段の物陰から家令のシモンの部屋の様子をうかがう。シモンはブリュノのお付きの家令だが、ブリュノの入浴中には自室に戻っている。

ロッテとブランシュは目配せをすると、ロッテがティーセットを持ってシモンの部屋の前を通りがかり、ブランシュはシモンの部屋のドア側の壁に身を寄せる。

「きゃー！」

ロッテは悲鳴とともにシモンの部屋の前でティーセットをひっくり返し、ティーカップやソーサーを大量に割った。

「何事だ！」

悲鳴を聞いたシモンが、部屋の中から飛び出してきた。

「シ、シモン様。申し訳ありません。久しぶりにティーセットを運んでいたら、バランスを崩しまして……」

「まったく……騒々しいといったら。奥様や旦那様のお気に障る」

「申し訳ありません。ブランシュ様にお茶を飲んでいただこうと思って、早くお茶をお持ちしたいのに……時間がかかってしまいそうです」

シモンもブランシュを待たせるわけにはいかないと思ったのか、否応なく割れた皿の片付けを手伝う。

その隙をついて、ブランシュはするりとシモンの部屋に入っていった。

ティーセットを片付けたロッテがブランシュの部屋に戻ると、そこにはシモンの部屋に忍び込んだはずのブランシュがいた。

時間稼ぎに苦労したロッテが、恐る恐る尋ねる。

「いかがでしたか」

ブランシュはにこっと笑顔になった。

ブリュノは入浴中はシモンに鍵束を預けており、シモンの部屋に忍び込んだブランシュは鍵に二枚のスライスチーズを押し当てて鍵の表と裏の痕をつけた。

ファルマは二の腕の内側に鍵の両面を押し付ければ手ぶらで鍵型が取れると言っていたが、鍵が立体構造を取っていてはいけないと思い、ロッテが厨房《ちゅうぼう》ですぐに手に入れられたチーズにした。

その後、パッレとブリュノのみが知るという、全室につながる秘密の通路からブランシュの部屋に戻ってきた。秘密の通路をこじ開ける発動詠唱は、ファルマがブランシュに教えてくれた。

型取りをした二枚のチーズを組み合わせれば、それで合鍵ができる。難しいことはなく、鍵型があれば氷の神術でも何でも鍵は作れるのだ。

合鍵を使えば金庫を破らず、ブリュノの就寝中に堂々と金庫を開けられるという寸法だ。

◆

その翌日の朝。

ファルマが失踪して初めて、サン・フルーヴ宮殿にて有識者会議の緊急招集がかかった。

有識者会議はこの日までに、神殿関係者、学術関係者、帝国関係者あわせて五十名ほどの規模となっていた。

会議室に集まった彼らは言葉も少なく、ショックを隠し切れない様子だ。

「ファルマの動向はつかめたか」

「いえ。依然として行方はしれません。闇日食までまだ日があるのですが、先を越されました。不覚でした」

声を絞って報告を上げるブリュノは、もはや放心状態に近い。

「神殿の秘儀をもってしても、神力探知が無効になっています。常に聖域と神力だまりを作っておられたファルマ様が帝都を去ったとて、大陸におわす限りはその所在は理論上検出できるのですが、大陸には反応がありません。それればかりか、東岸連邦守護神殿分院にも反応がないとの電報です」

サン・フルーヴ帝国には神力の痕跡もなくなっており、完全なる消滅だとジュリアナも報告書を手に補足する。

同席していた神官らも口々にエリザベスに報告するが、その場にサロモンの姿はない。

「ふむ……。これまでとは事情が違うようだな」

エリザベスはつとめて冷静さを保つように、声を低く抑えている。

「彼はこちらの計画を知っていたのか？」

「いえ、彼には知りえなかった情報であると愚考します」

ファルマに有識者会議の動向をひそかに内通していたノアの表情には一片の曇りもなく、神妙な面持ちのまま立哨にあたっている。

「では、本人の意図せぬまま消えたのか。ファルマが神力を失ったという線はないか？」

「その可能性もありましょうが、そうなると帝都から移動したかどうかすら把握できません。最速で移動しようにも、透明化し神力を失った状態では薬神杖《やくしんじょう》の飛翔《ひしょう》も通常の交通手段も使えず、旧神聖国へ向かう馬車等を乗り継いでいくほかにありません。ですが賢明な守護神様ですから、そんな原始的な移動手段ではないと思われます。過去の実績から推察すると、気球や航空機も視野に入ります」

応じるリアラ・アベニウスの声がどんどんと細ってゆく。

ファルマをからめ捕ろうとしても、巻かれてしまう。霞《かすみ》を掴《つか》むようで、彼は手に負えない。

だから、ファルマを最後まで監視下に置いておけなかったのは大問題だ。

「失踪の当日、彼は異世界薬局の店舗に出勤する予定でしたが……カウンターに急用とのメモが残されておりました。あのような書き方をするからには、何か予想外の出来事があったのかもしれません」

エレンがそう伝えて、悔しそうに歯を食いしばる。

「消滅を経験し、予定より早く旧神聖国へ向かったのだろうが、なぜ予定を早めたのか解せぬな」

エリザベスのため息は深い。

素直に考えれば、ファルマは旧神聖国に向かったのだろう。

だが、旧神聖国にはファルマが通過したと思しき神力だまりがないという報告だ。ファルマが動けば、必ずそこに痕跡が残る。

この情報をどう解釈すればよいか、やみくもに捜索しても永遠に彼には追いつけない。

エリザベスは目を閉じて、ファルマの足跡をたどろうと思案する。

「旧神聖国は今、人が立ち入れぬようになっておるか」

「はい。常人ならば。ただ、ファルマ様が神力を失っていないとすれば、空中からであれば接近可能です。既に旧神聖国に隣接する地域には、サロモン様らをはじめ精鋭の神官団が待機中です。鎹《かすがい》の歯車による周辺住民への被害を想定して、救護所も立ち上げてございます。現時点でファルマ様の行方が知れずとも、必ず鎹の歯車の遺構を訪れるかと。我々も現地に向かいますか、聖下」

ジュリアナがエリザベスの決断を促す。

「うむ、無論だ。とはいえ、旧神聖国に至るまで数日。どれだけ急いでもファルマには追いつけぬだろう」

「闇日食まで、まだ時間があります。我々は陸路の最短距離で急行すべきです。出立は本日、遅くとも明日朝にでも」

ブリュノも賛同し立ち上がる。

「クララ・クルーエを随行させ、安全な最短順路を定めよ」

例によって旅神を守護神に持ち、予知能力を持つクララに白羽の矢が立っていた。

「は。往路の選定をさせましょう」

「それがよい、急ぐぞ」

出立の打ち合わせで、議場が騒然としていたときだった。廊下から騒々しく複数名が駆け寄ってくる足音が近づいてきた。

聖帝も気付いて耳を傾ける。

一瞬の静寂ののち、扉の丁番を吹き飛ばして鋼鉄製のドアを蹴破って議場に颯爽《さっそう》と現れたのは、一人の少女だった。

「ここにエレオノールがいるだろう！　出てこい！　ファルマを空から追うぞ！」

東岸連邦・マイラカ族の長《おさ》メレネーが、彼女を取り押さえようとする宮廷の侍従らを引きずりながら乱入してきた。

「メレネーか！　東岸連邦にいたのでは」

エリザベスが驚いて叫ぶ。

「そうだ、一昨日まではな。一日かけて大陸を渡ってきた。呪力消費が著しいので、私しかここまでは来れなかったがな」

「あの呪術、絵鳥を使ったのか」

「そうだ」

彼女は長らく封印してきたマイラカ族の呪術の粋、絵鳥に乗って空から来たのだそうだ。

旧神聖国は、新大陸とサン・フルーヴ帝国の間にある。マイラカ族の中でも最長の飛行距離を出せるメレネーは旧神聖国に立ち寄らず、途中で飛べなくなった兄妹たちを旧神聖国に置いてファルマの捜索にあたらせ、まっすぐサン・フルーヴ帝国に来たという。

大陸間を呪術で渡りきったあと、さらに神聖国まで往復するなど、メレネーでなければできない芸当だ。さすがは一時的とはいえファルマを圧倒するほどの呪力を持ち、マイラカ族の長を務めているだけある、と議場のメンバーも舌を巻く。

メレネーは彼らには目もくれずずかずかと進んで、予告どおりエレンを連行しようとする。

「エレオノール。時間がない、すぐ行くぞ」

「ええ。連れていって。メレネー」

エレンもメレネーの瞳をとらえて、真剣な面持ちで頷《うなず》く。

それをエリザベスが引き留める。

「待て、何をしようとしている！　ファルマを止めようとしているのか」

「ファルマのなすことを邪魔はしない。ただ、隙あらば救出しようとしている。お前たちもおおむね同じ考えだろう」

「そのようだな。では、余もつれていけ」

「は？　断る。お前はいらん。荷物は少ないほうがいい」

エリザベスも同行を申し入れたが、無下に断られた。

聖帝をして足手まといと吐き捨てるメレネーに、議場の面々は青くなる。

「私には、大陸間を超えて旧神聖国まで三人を乗せて飛べるだけの呪力の余力がない。お前を連れていくぐらいなら、一秒でも速く着くほうを選ぶ。今はエレオノールの特異な能力だけが必要なのだ」

「そうか。では我々はあとから追う。そなたら、ファルマを頼んだぞ」

「うるさい、私に指図をするな」

メレネーは気が立っているようだ。エリザベスもそう言われては閉口してしまう。

「待ってメレネー、すぐ荷物を取ってくるから」

エレンはファルマが持っていた救急カバンの中身を再度確認し、そのまま持ってくる。

(薬も効かない、怪我もしない彼には必要ないものかもしれないけれど、持っていなくて後悔したくないから)

エレンはメレネーの操る絵鳥に乗り、宮殿の庭園から大勢の人々に見送られて飛び立った。


後に残されたエリザベスが大きく息を吐き、傍《そば》に控えるブリュノに問う。

「やれやれ。薬神との知恵比べは、薬神の勝ちか?」

「いえ。例の計画にはいささかも影響はございません」

ブリュノは落ち着いた口調で応える。

「なるほど。それは頼もしいことだ」

ブリュノの毅然《きぜん》とした物言いに、エリザベスが挑発するように目を眇《すが》める。

「それでは、ただちに計画を実行せよ」

「は、直ちに」

いよいよこのときがきた、とブリュノは武者震いをした。

◆

エリザベスの命《めい》を受けたブリュノは、その足で供もつけず宮廷内の守護神殿へ赴く。

一階部分の聖堂を通り抜け、地下へ至る通用口へと進むと、扉の前で呼び止められる。

「これは尊爵。これより先は立ち入り禁止でございます。本日のご用向きは」

悪霊や不審者の侵入を防ぐため、神殿内の重要区画に至る要所要所や秘宝を祀《まつ》っている宝物殿には、戦闘用神杖を持った門番の神官がいる。

ブリュノは門番に目配せをし、エリザベスから賜った勅書の表紙を見せる。

「そういったご事情でしたか、どうぞお通りください」

門番は扉を開いた。

悪霊はおろか守護神であるファルマをも通さない、最高レベルの対霊神術陣の回廊を通過し、目指すは神殿の地下施設だ。

ブリュノは地下室へ至る扉の前で立ち止まる。

照明すらない暗がりの中、神術によって施された封印を解き、床に敷き詰められた神術陣を踏んで密室へと足を踏み入れる。

「私の役目はようやく終わりそうだ」

最後の仕事として、四年間の計画を完遂させるときがきた。

ファルマとは別の系統でブリュノのほうでも墓守に干渉すれば、それだけファルマに余力を与え、彼の消滅を阻止することができるかもしれない。

墓守の思考を形成する枢要は、これほどまでに近くに存在していた。

◆

エレンは、息もできないほど速度を上げるメレネーの腰に手をまわし、冷え切ったその背中にぴったり寄り添う。汗が結晶になっており、メレネーの焦燥がエレンにも痛いほど伝わってくる。

「急ぐぞ。ファルマの存在が完全に消滅し、この世に神術と呪術なき世界が訪れてしまう前に。でなければ何もかも、この絵鳥すらも消えてしまう。そうなれば我々も地上に真っ逆さまだ。呪力が弱まる前に兆候はあるだろうが、緊急着陸に失敗した場合、素直に命はない」

呪力の出し惜しみはしないと言い添えたメレネーは、余裕のない顔で絵鳥を操りながら、エレンにも覚悟を求めた。

「承知の上よ。空気抵抗を減らせるから、できる限り高高度を全速力で飛んで」

エレンも即答する。空気抵抗を軽減させるために、体を低くして絵鳥に添わせる。

メレネーが飛翔に全速力を出していれば、それだけ地上に激突するエネルギーも大きくなる。

「すまないな、巻き込んで」

「謝らないで。私を迎えに来てくれてありがとう」

「ああ、お前は連れていくべきだと思った」

メレネーはエレンの言葉にこたえて、少し口角を上げた。

「でも、どうしてあなたはファルマ君が消滅したって分かったの？　こちらの状況はまだ大陸には伝わっていないでしょう」

電報が飛んだのかもしれないが、誰も送りそうな者がいない。

「ファルマが大陸に来たからだ。私には見えなかったが、霊が教えてくれた」

霊たちがファルマの訪れを告げるも、メレネーにはその姿は見えなかったという。

「あなたにもファルマ君の存在は見えなかったの？」

「ああ、霊たちがそこにいるという場所には少し異様な感覚はあったが、彼はこれまでとは異なる状態になっていた。霊を仲介しても、意思疎通は図れなかった。何か言いたいことがあったのかもしれない」

「……もしかして、私を連れに来たのは」

「お前にはファルマと同じ能力があるはずだ。以前から、私の霊がそう言っていた」

「ああ……そうだった！」

エレンは腑《ふ》に落ちたといった反応をする。

「ちなみに、その能力はまだ使えるのか？」

「今も使えるわ」

「そうか、ならば来た甲斐《かい》があったというものだ」

メレネーの言葉を聞いて、エレンはどうして気付かなかったのだろうと悔やむ。

初動がもっと早ければ。

存在は見えなくても、声は聞こえなくても。

ファルマが消えた瞬間に、せめてその日のうちに、診眼を使って彼を捜していれば、帝都を去ろうとする彼を引き留めることができたかもしれないのに。

ファルマが帝都を去る前には、その場にとどまっていた躊躇《ため》らいの時間だってあったのかもしれない。

(私たちがカウンターの上のメモと鍵を見つけてファルマ君のことを案じていたとき、彼は私たちのすぐ目の前にいたのかしら)

ファルマが薬局を去ったあと、数日たってメレネーたちのもとを訪れたのは、帝都の人間にはない特別な呪力を持っていたメレネーを頼って、彼女に最後の別れを告げるためだったのだろうか。

メレネーに存在を気付いてほしかったのだろうか。

彼は何をしたかったのか。

何か伝えたいことはあったのか。

様々な思いがエレンの胸に交錯する。

そのメレネーが、ファルマを見つけられずにエレンを迎えに来た。

(私はあれだけの時間、彼とともにいながら、彼の主治薬師にも理解者にもなれなかった。往《ゆ》くと分かっていたのに、止められなかった)

それはどこかで、彼は不死身で不滅の存在だと思って、彼の終わりを信じなかったからかもしれないと彼女は気付く。

最初からそうではなかったし、彼もそう言っていたのに。

悔しくて、とめどなく涙が溢《あふ》れる。

メレネーの集中を妨げぬよう、エレンは声を殺して涙を流す。

(それでもまだ、終わっていない。私にしかできないことがある。私の身にある薬神紋はまだ生きている。神術も呪術もまだ生きている。それは彼がまだ健在だという証《あかし》。診眼なら、ファルマ君の居場所を特定できる……!)

世界でただ一人、エレンがファルマから受け継いだ力がある。

ファルマの存在は見えなくても、診眼は彼の位置を暴き出す。

(彼が私にくれた力。それを今度は、彼を救うために使うわ……!)

ファルマが見えなくなった前日、最終講義の日の記憶をたどる。

エレンが最後に診眼を通して診た壇上の彼は、普段と同じように、血のように赤い光に染まって

いた。

(今度こそ、あなたを治してみせる)

それができるのは、彼と薬神紋でつながった自分しかいないと知っていた。

九話　回帰

ファルマはついに、旧神聖国中枢部の鎹《かすがい》の歯車の上空に至った。

サン・フルーヴ帝国を出て、見えない体で縁のある人々に別れを告げ、家族や使用人、聖帝、宮廷人たち、大学関係者、関連薬局、関連店舗にも郵送でメッセージを残した。

ド・メディシス家の中を歩いていて、寝起きのブランシュと視線が合ったような気がする。

しかしそれは気のせいで、やはり声をかけても反応はなかった。

マーセイルでは工場の稼働状況に異変がないこと、キアラと彼女の母親が健在であること、チアマゾールの生産体制に滞りがないことなどを確認し、スタッフらに感謝の言葉をつづった。

強制有休を取らされていたテオドールにも、適切なアドバイスを書き残した。

新大陸への逗留《とうりゅう》では、東岸連邦の人々のために合成の難しい各種の原薬を作りおいた。

ファルマの持つ聖域で菌を殺してしまうため、キャスパー教授の研究室には近づけなかったが、手紙は書いた。

ファルマの存在はメレネーの使役する霊に気付かれてしまったようだが、なんとか巻いて逃げてきた。ファルマが大陸から離れると、ついてこようとはしなかった。

そのほかにも思いつく限り、彼は気がかりな人々のもとに立ち寄った。

もう思い残すことがないよう、誰も不利益を被《こうむ》ることがないよう、放浪と回り道の果てに、それでも予定どおりに自分の意思でこの場所へ到達した。

製品化の一歩手前にあるものも含めれば、ファルマでなければ作れない薬はもうない。

知識と技能の継承は終わっていた。

実務上、体制上、ファルマが失踪したことの影響は最小に抑えたはずだ。

空中には誰もいないはずなのに、ふとした拍子に、誰かに見られているように錯覚する。

(ここから先は、本当に一人だ)

念のため、旧神聖国の規制線の内側に誰もいないことを診眼で確認する。

存在の抜け殻のような状態になっても、見えない体にはなお神力が充《み》ちて、最後まで診眼が使えることに辟易《へきえき》としてしまう。

診眼を通して俯瞰《ふかん》すれば、人々の存在が青い光となって地上の星のようにはるか地平線にともる。

(まだ誰かいるな。邪魔が入ると困る)

神聖国の外の集落に、人が不自然に集まりつつある。

それは現地住民かもしれないし、神聖国の関係者の可能性もある。誰であろうが、接近されると不都合だ。

彼らが興味本位に鎹の歯車へ接近してくると、これから起こる予測不可能な出来事から彼らの身の安全を守れない。

近づかないでくれと伝える術《すべ》はないため、ファルマは仕方なく実力行使に出る。

(銅、鉄を創造)

ファルマは無人地帯の範囲を正確に見積もると、節約して蓄えておいた神力を惜しみなく用いて、神聖国一帯に高くそびえるドーム状の銅と鉄の防壁を三重に張り巡らせた。

防壁の素材に銅と鉄の層を用いたのは、人の侵入を防ぐと同時に、電磁シールドで霊の侵入を防ぐためだ。

メレネーたちの助けもあり、悪霊はこの大陸から一体残らず掃討したとはいえ、地殻変動によってまた悪霊のようなものが現れないとも限らない。

ひとたび鎹の歯車の内部で何か起これば、即席の防壁がどれほど持ちこたえるかは未知数だ。

この内部で何が起こっても、外の人々に巻き添えを出さないように。

彼はそう祈りながら念入りに準備を整える。巣をつくろい整える親鳥のような心地だ。

地上に露出していたドーム状の構造物の深奥へ侵入するべく、範囲を絞ってその蓋《ふた》を外す。

(鉄、マグネシウムを消去)

ドームの天井部を覆っていた殆《ほとん》どの構造物は、物質消去で消えてなくなった。ここまでは、地球の薬谷完治《やくたにかんじ》より得ていた事前の情報の通りだ。

ファルマは瞑目《めいもく》し大きく息を吐くと、未知の領域への降下を開始する。

地下深くへとつながる洞窟の中心を一つ一つの座標として結びながら、瓦礫《がれき》をすり抜けるようにして、薬神杖《やくしんじょう》で下へ下へと進んでゆく。闇に溶けてゆくかのようだった。

◆

その頃、複数の巨大飛翔《ひしょう》物体が旧神聖国を目指して飛来していた。

絵鳥に乗り、旧神聖国内に降り立とうとしていたのは、メレネーの兄妹たちだ。

「何が起こった。あの球状の構造物は一体？」

彼らの呪力量ではサン・フルーヴ帝国まで到達することができなかったので、旧神聖国で待機する予定だ。

そんなとき、鋖の歯車の周囲を覆い隠すように金属のドームが現れたのだ。

「光の放散が見えたが、神術だろうか？」

「……たしかに神術の一種ではあるのだろうが、ただの神術ではない、範囲が大きすぎる」

「あの者の仕業だろう」

「接近するにつれ、絵鳥の飛行が不安定になっている。あの球体に近づくな」

混乱のため、彼らは空中で喧々諤々《けんけんがくがく》と言い合っている。絵鳥を近づけようにも、張り巡らされた電磁シールドが絵鳥に干渉して近づけそうにない。

「これ以上は進めない。空から近づけないならば、地上に降りて近づくしかないな」

「いけそうだ」

「足場が悪い、気をつけろ」

メレネーの兄妹たちが地上に降り立つと、術を解かれた絵鳥は空中に消える。

大陸の地を踏んだ長兄アイパに続いて、次兄レベパが不安な心情を吐露する。

「なんとかたどり着いたが、俺たちも呪力が切れそうだ」

「呪力の残量が分からない。我々にもサン・フルーヴの者たちが使う神力計のようなものがあればな」

マイラカ族の呪力の制御は感覚的なものでしかなく、定量化できないことへの嘆きも出る。しかしファルマでも、呪力に関するインジゲーターのようなものは作れないとのことだった。

「もうこれからは、呪力にまつわる道具は必要あるまい。何もかもが過去になる」

レベパが吹っ切れたように清々《すがすが》しく宣言する。

「そうだな。さて、これからどうする」

「周囲に人気《ひとけ》はないが……帝国の者がいなければ我々で捜索するほかにないな」

「本当にここにいていいのか？　呪力が消えた後はなんとする。この土地の周囲には人気がない。呪力が尽きた後、何日徒歩で移動する？　最悪、ここで孤立して餓死《がし》だ」

アイパが現実的な問題を提起する。

「怖いことを言わないでよ……」

「メレネーがしくじるわけがない」

妹たちはこわばった顔を長兄に向ける。

兄妹たちは最悪の結末を予期して沈黙するが、メレネーの存在に一縷《いちる》の希望を見出《みいだ》す。

「メレネーは戻ってくるさ」

「間に合うのか？　エレオノールを連れに行ったメレネーは戻ってくることができるのか？」

メレネーはまだ存分に呪力を蓄えていると言っていたが、ただの強がりかもしれない。絵鳥がサン・フルーヴまで届かないかもしれないし、往復をしている間にファルマの仕業で呪力が消え果るという結末もありうる。失敗した場合、メレネーとの通信手段は完全に途絶する。

その彼女を、ここで餓死するまで待ち続けるのかなどと兄妹たちは口々に不安を口にする。

妹のミナとベナは、懸念を振り払うように頭を左右に振った。

「メレネーの呪力は簡単に尽きたりしない。あの子を信じて、我々はできる限りのことをしよう」

弱気になっていても埒《らち》が明かないということで、長兄アイパが咳払《せきばら》いをし、手持ちの霊を一体呼び出す。

「パラル」

祖霊パラルと呼ばれる霊は、メレネーが兄妹たちの通訳と情報収集のために置いていった。メレネーは帝国語を既に覚えているので、サン・フルーヴ帝都に乗り込んでも帝国人と意思の疎通が図れる。

アイパは緊張した面持ちで、鋭くパラルに問う。

「この大きな球体の中にファルマ、お前たちのいう霊の王がいるか」

『そのようだ。私にはよく見えないが、対面したときの質感が似ている。現在は地下に向かって進んでいる』

祖霊パラルは少し浮いて地下を透視すると、抑揚のない声で告げた。

兄妹たちは顔を見合わせて頷《うなず》く。マイラカ族がファルマの気配を感じることはできなくても、霊に聞けば分かる。

「やはり霊のことは霊に聞けとはいったものだな。ファルマを追えそうか」

『これ以上近づけない。その者が霊を退ける結界を作っている。無理に侵入しようとすれば、私は消えてしまう』

祖霊パラルが中に偵察に入るのを拒むので、アイパは下がらせた。

「では、我々が行くしかない」

「ああ。だが、どうやってこの中に入れば……継ぎ目のようなものがあるか」

アイパがファルマのこしらえた壁を力任せに杖《つえ》で殴るが、びくともしない。

レベパが苛立《いらだ》ちのあまり地に杖を突きたて、霊も沈黙している。

『メレネーの持っていたルタレカならば、消せたかもしれないのだがな。手放したものだから……そうやって壁を殴っているほかにない。愚かな』

パラルがメレネーの選択を誹《そし》る。

「ルタレカはメレネーがファルマに託した。……あれは我々にも、メレネーにも扱えないものだった。あれでよかったのだ。全ては祖霊の導きだ。過去の選択は常に正しい」

「分かっている」

アイパがたしなめ、ベナが頷く。

彼らが無為に時を費やしていると、背後から騒々しい物音が聞こえてきた。

土煙を巻き上げて、轟音《ごうおん》とともに何かが押し寄せてくる。数頭からなる馬の蹄《ひづめ》の音だ。

「待て。何かくる」

「人か、獣か？」

「馬に乗った人間のようだ」

「まさか帝国人が追い討ちを？」

「やれやれ、帝国人のお出ましだ。協定にしたがうなら、ここで餓死することはなさそうだ」

「話がこじれて殺されてもか？　サン・フルーヴの者とは限らないだろう」

聖帝エリザベスの取り計らいもあり、東岸連邦と大陸諸国は敵対していないが、辺境では周知されていない可能性もある。

兄妹たちは戦闘となることも想定し、不安そうな表情で身構えた。

「東岸連邦の者だな！」

馬上から声をかけてきたのは、十名以上の武装した神官らのうちの一人の男だった。眼光は鋭いが、杖を構えていないことから交戦の意思はないとうかがえる。

霊を呼び寄せることを許容しているように感じたので、アイパは大きく声を張って堂々と答える。

アイパの発言を祖霊パラルが同時通訳する。

『そうだ。東岸連邦マイラカ族の首長一族だ。この霊は無害だ』

「心得ている。大神殿麾下《きか》の神官、サロモンという者だ。争うつもりはない。ここで何があった」

『おそらくはお前たちも知る、ファルマと名乗っていた霊の王の仕業だろう』

サロモンと名乗った帝国人は、霊の通訳に耳を傾けている。

神聖国と東岸連邦は交流があり、神術と呪術の技術研究などが行われていた。その折には霊を介しての通訳が行われ、神官らも東岸連邦の人々の文化の一形態として、霊の使役を容認していた。言語や文化を異にする人々とやりとりができるのは、常日頃の地域間の交流の賜物《たまもの》だ。

「そうか。ではファルマ様が中に」

「中への侵入を試みるか」

神官らの声に動揺の色がにじむ。

侵入を躊躇《ためら》う神官らを冷ややかに眺めながら、パラルは分析を続けている。

『かの霊の気配はあるが、この奇妙な球体の出現によって視界が遮られ、まだ姿を確認していない。それらしきものが一定の速度で下へ遠ざかり続けている。その深度は、この地上の構造物の二倍以上に達している』

パラルは神官らにも分かりやすい比喩を心掛けているようだ。

「情報提供、感謝する。土属性の負の神術使いならば、この壁を削れるかもしれない。この世の金属は全て土属性神術が支配している」

『待て、目的は同じだが、お前たちは壁を削ってどうしたい。壁といっても一層ではない、三層もあるのだぞ』

マイラカ族と神官、両者の間に緊張が走る。

『ファルマを止めるのか』

彼らの膠着《こうちゃく》した空気を破って、はるか頭上から「おーい」と呼ぶ声が聞こえる。

振り仰げば、滑空してくる大きな鳥がいる。

それを見たアイパが地上から歓声を上げる。

「見ろ！　メレネーだ！」

「もう戻ってきた。さすがは我らが長《おさ》だ」

メレネーが操る絵鳥の上には、二人分のシルエットがある。約束どおり、エレオノール・ボヌフオワを連れている。

「エレオノール、診《み》えるか。おのが目で診よ！」

メレネーが鋭い声でエレオノールに促す。

「いる……！　ファルマ君がいるわ、地底深くに。まだ見えてる、見失わないわ……！」

地上へ降り立ちながら、彼女は既に診眼を発動していた。

「やはりいたか。いいぞ、神力がなくなる前によく見ておけ。パラルの透視と一致した」

メレネーと彼女の兄妹らも沸きたつ。

エレンの一言を聞いたサロモンが手短に計画を告げる。

「ファルマ様のなさることを妨げない。ただ、ことが起こった後、ファルマ様を救出できるよう我々の神術が途絶える前に避難路を確保する」

『この壁を取り払えば周囲への被害は免れないが、どうする。国の一つや二つは滅びてもいいか？』

アイパがパラルを通して尋ねる。

「既にこの周囲に国はない。三層の壁、三つの入り口のうち互いに真裏に避難路を確保すれば、衝撃吸収の機能を阻害するまい」

『良案だ。協力しよう』

マイラカ族たちと神官らは合意し、高々と拳を掲げた。

「今日を惜しんでなんとする、神力は一片たりとも残すな。上限値まで使い切れ」

「はっ！」

「急げ、もう時間がない！」

サロモンが宣すれば、それにこたえて土の負属性を持つ神官らがこたえる。

彼らは陣形を組み、そびえ立つ金属壁に突き立てた。

「〝**地殻の分解**〟」

後先を考えない膨大な出力の神力が幾重にも重なり合い、周囲を光の海へと塗り潰《つぶ》してゆく。

◆

ブリュノ・ド・メディシスは階段を降り、守護神殿のさらに地下へと進む。

地下神殿から、守護神殿の管理するサン・フルーヴの広大な地下墓所へと接続する通路を、彼の靴音が一定の間隔でこだまする。

積み上げられた骸骨の中を行けば、いつかその中の一つに加わるのだろうと強く意識される。

螺旋《らせん》階段を下り、今回の計画の要《かなめ》となる巨大な塔型装置のふもとへと近づく。

この装置は、有識者会議にかかわる者たちの間で、秘匿名『墓地の隙間《すきま》』と呼ばれていた。

この装置の設計から開発までには多くの人々が携わっているが、最後の過程ではブリュノがたった一人で操作を行う。

複数名で確認や操作を行えばより正確性が担保できるその反面、複数名の神力が紛れ込み、神術の純度が下がるので、それを防ぎ神力の純度を保つためだ。

装置の最下部にたどり着いたブリュノは、氷結した地底湖のような氷床に降り立つ。

氷床には、『迅速融解』『完全融解』『氷の揮発』『再結晶』『神力の凝縮』を組み込んだ多数の神術陣が、逐次起動するよう組み上げられている。

ブリュノは神術陣の中心にそびえ立つ『墓地の隙間』の、円柱を垂直に積層したような構造を見上げる。

各層の周囲には、特殊な晶石が氷の神術によって円を描くように固定されている。

神力を凝縮し神術陣を介して装置に通じさせれば、神術氷が融解し、下層から順に人の脳を模した神術陣へと落下して固定される。

全ての晶石が装置から落下し適切な位置へと配座されたとき、封印されていた墓守の集合自我へとつながる晶石ネットワークが起動する。

集合自我が顕現する直前に、その要の役割を果たす晶石を特殊な神術で破壊する。

ブリュノは万感の思いで、ある種の清々しい心持ちでネットワークの制御盤の前に立つ。

この数年、使うことのなかった自身の神杖《しんじょう》を、愛《いと》おしげな所作でひき抜く。

自らの手に世界の人々の存亡がかかっている、そう思えば肌は自然と粟立《あわだ》つ。

成功を確信しながら、ブリュノは自身に残された最後の神力を、神術陣へと惜しみなく注ぎ込んだ。

神術装置『墓地の隙間』は予期したとおり神力を増幅し、晶石の輝きがほとばしる。ブリュノは回路に満たされてゆく光跡の行方を、鋭い視線で追ってゆく。

ブリュノが有識者会議に敢《あ》えて報告していなかったことがある。

それは、この作戦が終わったとき、ブリュノは生還しないこと。

彼は自らの意思で、ただの一度でも神力を使えば命を失う禁呪を受けている。

たとえ禁術の呪いを免れたとしても、この神術装置が役目を果たしたら、上層から降り注ぐ大量の水に溺れてしまう。

神術水はブリュノもろとも再結晶化するために、直後に訪れる神力のなくなった世界では、誰もブリュノを助けることができない。

ブリュノはここを死に場所と定めた。

「……これでよい。そういう約束だろう？　タイス、私はお前にそう誓った」

ブリュノは、生まれることのできなかった長女の名を想《おも》う。

十六年前、ブリュノは禁術の呪いの代償として、長女の命を身代わりとせざるをえなかった。

娘の命よりも自身が生還する道を選んだ。それは薬学の道を究め、誰よりも他者を病から救い命をつなぐのは自身に他ならないと確信していたから。

そのような選択をしたからには、後からより優れたものが来たら、杠《ゆずりは》のようにその場を退かなくてはならない。

「ようやく……あの悪夢から楽になれそうだ」

一人の神術使いとしての最期を、恍惚《こうこつ》として受け入れる。

(辺縁回路を一次から連合領域まで統合。中枢回路へ接続、統合回路へ接続。増幅経路を起動。冗長系を確認、全統神術陣へ連結)

もはや無我の心境で、それでも術の行方を見逃さない。

融解を始めた氷は神術水となり、その奔流は上段からブリュノに襲いかかる。

衝撃に脳髄を揺さぶられながら、ブリュノは刮目《かつもく》する。

もう、最後まで見届けなくても神術の連鎖反応は止まらないが、その瞬間は見届けたい。

そのときを待っていると、ふいに目の前を閃光《せんこう》がほとばしった。

「な……!?」

ブリュノの神力を凝縮し完璧に制御されていたはずの神術陣が、何者かによって絶たれた。

行き場をなくした神力は予測不可能な挙動を起こし、神術回路は壊滅的な損傷を受けている。

「……!?」

ブリュノらが四年もかけて緻密に積み重ねられた計画が、神術装置『墓地の隙間』もろとも瓦解《がかい》してゆく。

わずかなずれも許さない、組み上げられた晶石のネットワークのはずだった。それが、ブリュノのまったく予期しない異質なものへと書き換えられてゆく。

ブリュノは動揺のため脱力し、神杖を取り落とす。鈍い音を立てて床に転がった自身の神杖に視線を向けた直後、目を見張る。

側面に輝く青い晶石の色が、ブリュノが使っていたものとわずかに異なっていることに気付いた。ここ数年、ブリュノは神力を持ちながらも神術を使うことができなかったので、杖に神力を通じたときの晶石の発する色を見誤った。

(まさか！　何者かに晶石をすり替えられた!?)

ブリュノの神杖の外見はシンプルなもので一見貴重なものに見えないが、内部に神術陣を巡らせ、完全に透明な晶石を直列に連ねて神力を増幅する繊細な構造を持つ。

神杖を身に帯びていないときは、寝室の金庫に厳重に保管していた。外部からの侵入はありえない。そう断定できるのは、金庫の鍵が破られた場合には、侵入者を二度と外には出さない構造になっているからだ。

家族、使用人、弟子の誰一人にも開錠方法は教えていない。

(誰に、いつやられた)

今さら犯人を突き止めたところで意味がない。時間切れ、万事手遅れだ。杖の異常に気付かなかった自身の愚を恨む。

ブリュノが神術使いとして万全の状態であれば軌道修正は不可能ではないが、ブリュノはもう、霊薬の呪いによりたった一度として神術を使えない。

ブリュノは最後の一回分をこのときのために温存していたが、今使い切った。

修正する方法を知りながら、一度発動した神術を修正できないまま、破壊されてゆく。

これでは鎹の歯車を止められず、墓守を制御できない。

そう悟ったとき――ブリュノは全ての時間が止まったかのように錯覚した。

目を瞑《つむ》ったままのブリュノの脳内に、何者かからのメッセージが鏡文字で書きつけられてゆく。

ブリュノは記憶の糸を手繰り、あることを思い出した。

その筆跡は彼の息子、十歳以前のファルマ・ド・メディシスのものに他ならなかった。

ブリュノの理解が及んだとき、メッセージは父に届いた。

『お久しぶりです、父上』

少し遅れて、記憶の彼方《かなた》にあるファルマの声が頭の中に反響して聞こえた。

ブリュノはもはや自身の正気を疑う。

この声は、自身が作り出した幻聴なのか、実際に鼓膜を通して聞こえている音波なのか。

どちらのようでもあって、真贋《しんがん》が分からない。

『動かないでくださいね』

「なっ、いかん！　何をするつもりだ！」

ブリュノは声を振り払おうとするが、金縛りにかかったかのように体の自由がきかなくなっている。

脳内の『彼』の存在によるのだろうか。

いや、そもそも果たしてそれは『彼』なのだろうか。

認識の土台が揺らぎ始めた。

『この世界の破綻を回避するため、私は薬谷完治とともにこの世界の全現象の次元を引き上げて、下位次元の現象として投影しようとしています』

ブリュノは思考が遅延して、もはや声が出ない。

「それは神術なのか……!?」

『神術ではなく科学を用いて行います』

彼がとある異世界の人々と、その世界の科学を用いて導き出した超ひも理論、ループ量子重力理論、ホログラフィック理論を複合した最適解における空間解釈を墓守の情報処理系に適応したのだというが、ブリュノには理解が及ばなかった。

『手短にお伝えします。任意の次元の量子の情報は、ひとつ下の次元の表面に全てを記載することができます。情報は本のページを改変するように書き換えることができ、何も破綻させず時空のふるまいを規定することができるのです。この世界が位置する領域を量子もつれで括《くく》って、スピンフォームから創発した枠組みの中で記述をし直せば――全てが可能になります』

見えない力に操られたブリュノの杖が、流れるような軌跡を描く。

『例えば天類の神薬・万理の解も』

ブリュノの目の前に、拳大ほどの黄金の液滴が浮かぶ。

あらゆる呪いを無効化するという、ファルマでさえ創れなかった神薬が顕現したのだ。

『天類・千年聖界も』

その隣に、青白い水滴が細やかに結晶化する。

ブリュノは知っている、それは悪霊をこの世から千年駆逐すると言われている神薬だ。

『宙類・庇護《ひご》の露も』

甘露を受けた者を一定期間回復させ続ける神薬、その芳香にブリュノは酔いしれる。

『地類・再誕の神薬も』

数日間、瀕死《ひんし》者の命をつなぎ止める神薬が顕現する。

持ち主の手を離れたブリュノの杖を通して、ファルマの到達できなかった最上級の神薬の数々がいとも簡単に顕界する。

書いては消すように、目くるめく幻のような現象が、現実のものとして現れては消える。

『創り出すことは造作もありません』

それこそ、書籍の文言を簡単に書き換えるように。

『高度な科学技術の前には、いかなる虚構も文脈の中に破綻なく回収できます』

「お前は……何を言っているのだ。実際には何をしている」

ブリュノは、常識と信じていた前提が崩れ去る音を聞いた。

これが夢や幻であればどんなにましだったか、そう思いさえした。

『もっとも単純な説明では、ファルマ・ド・メディシスと薬谷完治は協働し、墓地の隙間をあなたから横取りして墓守に干渉し、本を書き換えるように墓守の支配する情報を書き換えています』

ブリュノを支配する声は、躊躇いながらも言葉をつなぐ。

理解のできない言葉が紡がれている。どうやって、と洗いざらい尋ねたいが、理解が追いつく気がしない。人でありながらにして高度な技術を得て高みへ至った者が、何を見ているのか。

打ちひしがれながら、ブリュノは耐えがたい痛みを覚えていた。

幻想だろうか、幻覚だろうか。

神力は途絶え、その記憶だけが神話の中に残る。

呪力は消え、民間伝承として語り継がれる。

霊は滅び、墓守は役目を終える。

世界は更新されるのだろうか。

『虚構の世界は、今日をもって万物理論の中に回収されます』

ブリュノは脳裏に、新たな地平が開ける予兆を得た。

形のない情報が、謎の概念が、これほどまでに絶対的に〝場〟を支配するとは。

幼き日の我が子に「知は力だ」と教えたからだろうか。

地球の科学を修め、その究極の応用を見せつけられている。

◆

地球、東京都某所にある防衛省施設の地下。

薬谷完治は世界中の研究者や要人の見守る中、ファルマ・ド・メディシスの存在する異世界と、地球の存在する時空間とをニューラルネットワークでつなぐ両界接続コンソールの中央に座し、異世界との接続を保持していた。

異界の研究室が機能しなくなったと同時に、鎹の歯車の寄生は既に地球側から解かれた。

地球側は鎹の歯車からの解放に伴い、異世界の影響が薄れ悪霊の出現や突出していた大規模災害の発生頻度が下がり、正常化しつつある。

だが、地球側が正常化してそれでよしとはならない。

鎹の歯車を異世界からも消して、さらに異世界を恒久的に安定化させなければならない。

それが、ひいては地球側の安全保障にもつながる。

接続が切れた状態で異世界に侵入するためには、空間を超えて情報を転送する以外にない。

「両界接続は安定。潜入を開始します」

彼の脳活動はfMRIをベースとした『マインドスキャナ』と呼ばれるブレイン・マシン・インターフェイスを介してリアルタイムで正確に読み取られて暗号化され、そのデータは内閣官房宇宙戦略室、防衛省、国連、UNOOSA、NASA、ESAなど、世界中の主要な研究機関へ中継し、専門チームからの全面的なバックアップを受けている。

東京都文京区国立T大学薬学系研究科教授、薬谷完治。

それは彼の表の顔だ。

彼の真の姿は、十歳の時点で異世界から地球に転移し、地球で庇護を受け、異世界のファルマ・ド・メディシスが消費する神力と反神力を使い続け、地球側に出現する悪霊を退けてきた異世界人である。

彼は物質創造、物質消去、反物質創造、反物質消去、物質透過など、ありとあらゆる能力を生身で使いこなし、異世界を実証し上位存在を示唆する特異な存在として、世界各国のごく限られた人々に驚きと畏怖《いふ》をもって受け入れられてきた。

地球に来てからの彼の人生は、波乱万丈だった。

そこら中に発生する悪霊には毎日のように襲われ続けたし、彼の存在そのものが時空を歪《ゆが》め、天変地異を起こすので、特別な備えをしなければ東京の外には殆ど出ることができないという軟禁された状況下で育った。

彼の全てを医学的、科学的に解析しようとする研究にも全面的に協力し、その成果は地球の科学技術の発展に還元してきた。

だが、家族や友人、科学と神術の融合や応用法を教えてくれた地球人の師らが常に彼の傍《そば》にいてくれたこと、地球人が彼に敬意を払い、常に人権を尊重し自由に活動させてくれていたことで、決して自身の境遇を呪ったり、自分を見失ったり、不幸だと思うことはなかった。

彼はこの世界で二十年以上もの時を過ごし、既に地球にしっかりとしたルーツがあった。

彼の住む地球では、薬谷完治という異物の存在を基点として、異世界にいるファルマ・ド・メディシスの記憶にあったかつての地球史とは異なる、さらに高度な技術を発展させていた。

鎹の歯車を迎え撃つために専門家チームが組織され、空間の構造解析を行い、墓守の集合自我を形成するネットワーククラスタに介入する術を突き止めていた。

集合自我に干渉することは何も難しくない。地球側の発達した機械学習によりネットワークを予測し、シミュレーションを重ね、ネットワークを同調させて、既に異世界に存在するものを変えるだけだ。異世界側の配列を遮断したり、組み替えたり、間引いたり、並べ替えたり、流れを変えてやればいい。それによって、異世界での全ての現象の管理を制御し、量子情報を制すれば、下位次元への繰り下げすら行うことができる。

ただ、その計画にはかつての父であるブリュノの存在が大きな障害となっていた。

ブリュノが長年にわたる研究により神術の粋を集めて果たそうとしていることは、地球側の計画の劣化版にすぎず、おまけに彼の命をなげうつことになる。

神術薬学にしろ今回にしろ、ブリュノの着想は大抵の場合間違っていないのだが、それをなす技術が追いついていなかった。

生まれた場所や時代が違えば、彼が活躍できる場もあっただろうに、と薬谷は口惜しくもある。

ブリュノの計画を崩すには、ブランシュかパッレに働きかけるのがいい。

まだブランシュのほうが話が分かるはずだと踏んでメッセージを送ると、実際に期待どおりに動いてくれた。

かつての妹と話して感傷を覚えなかったかというと、嘘《うそ》になる。

だが彼女はもう、自らが彼女と過ごした時間以上に異世界のファルマ・ド・メディシスと長い時間を過ごして、彼に懐《なつ》いているようにも見えた。

自身が、薬谷ちゆと実の兄妹としてこの世界で絆を深めてきたように。

「特異点に接続し、目標達成まで待機します」

異世界の管理区域の構造は解析されていて、自らの墓石の位置も特定されている。

あとは、ファルマ・ド・メディシスが管理者の権限を奪えるかにかかっている。

これを墓守に適用すれば、異世界の集合自我を地球の支配下に置くことができ、地球人と異世界人にとっての全ての脅威は取り除かれる。

最終解決に向けて、長い年月をかけてここまで備えてきた。

鎹の歯車からの解放とともに、薬谷完治はこの世界の異物や脅威ではなくなった。

今、地球側の薬谷完治は神力と神術を手放し、ただの地球人になった。

しかし彼のなすべき仕事は、人間に戻ったその先にある。

自らと彼、そして両世界を救うために、失敗するわけにはいかない。

勝算は七割以上だが、不安要素の三割の全てはファルマ・ド・メディシスが担っている。

どうか、最後までやり遂げてほしいと願うばかりだった。

◆

それは世界が終わる数時間前。

地球側の薬谷完治から受け取ったドローンがほのかな光を放ちながら、ファルマを先導する。

鋖の歯車と地球側のつながりが切れたころから彼とはもう久しく連絡はとれないが、一方通行であっても彼の存在を心強く感じている。

次第に闇が深くなり、気温は下がって、視界はきわめて不良だ。

自らの神力によって放たれる青白い光も、頼りなく闇に吸い込まれてゆく。

鋖の歯車が近づくにつれ、薬神紋が光を増し、脈うち疼《うず》き始める。

全神経がめいめいに、どこかへとつながっている感覚がある。

いったい何と共鳴しているのだろうか。

(静かだ……)

洞内の壁面に滴る水音、自らの呼吸音、ドローンの駆動音などのあらゆる音に耳を澄まし、空気の流れにすら全身の感覚が研ぎ澄まされる。

いつ何が現れてもおかしくない。

神力はまだ尽きない。神力切れはありえないが、神力の供給が急に切断される可能性はある。

もし尽きれば、奈落へと真っ逆さまだ。

それがおそらく彼の死となり、二度と這《は》い上がることはできないだろう。

自分で誰も来ないよう排除したので、この巨大な竪穴に来ることのできる人間はおらず、助けは来ない。

壁面伝いに降下し、地中深くなるにつれ、土壁にうっすらと地層が形成されているのが見えた。

(地層……？　この異世界にはなかったものだ。ここは局所的に地球につながっている……？)

縦穴の地層に埋もれるようにして、人工物の一部が見える。先行するドローンのライトが反射して、その居場所を示すように不自然に光っていた。

「えっ？」

ファルマは思わず驚いて声を上げる。

よく注意しながら、人工物に触れてみる。

手で土を払い落としてみると、ボロボロに朽ちたプラスチックのペットボトルだった。

ファルマはこれまで、異界の研究室から異世界へと数々の地球の人工物を持ち込んだが、異世界で地球の人工物が出土しているのを見たのは初めてだ。

「なぜ、これが？」

ミネラルウォーターのパッケージの質感やそこにある言語は、懐かしくもある。

ファルマはペットボトルの一つを見て、そこから様々な情報を読み取る。

印字は殆ど消えているが、かろうじて日本語が読み取れる表記がされている。キャップを見ると、消費期限とうかがえる刻印が２０２７年3月と打刻されていた。

発掘されたのは粘土質の地層、すなわち火山灰を含む、ということは火山活動がある証拠だ。何の変哲もない、秘宝化していない地球のゴミだ。

ポリエチレンテレフタラートは分解されにくく、分解酵素を用いない場合、ペットボトルが分解されるのにかかる時間は四百年以上。そのペットボトルが朽ちている様子から、数十年から百年以上はたっている。殆ど変形していないことから、高熱や圧力には晒《さら》されていないようだ。

(ここに日本語のペットボトルがあるということは……かつて、ここは日本とつながっていたんだろうか)

薬谷の職員証が神殿の秘宝として出土したのは、そこが東京とつながっていたからだろうと推測できる。

(もしくは、俺は過去にここに来たことがある……?)

一体何が正しい情報なのか、今のファルマには確かめる術はない。

さらに地下へ進むと、年代をさかのぼって異なる人工物が出土する。

(こちらの地層は……地球のものですらない)

ファルマは地球文明だけでなく、未知の文明にも遭遇する。

この鋖の歯車は数々の宇宙と接続しながら、今日まで駆動を続けてきたのだろう。

(それも、今日で終わらせる)

鋖の歯車の入り組んだ構造の内側へと入りこんでゆく。

緩急をつけて駆動し続ける歯車がファルマの進路を阻み、うっかりしていると切り刻まれそうになる。かつて大神官ピウスがそうだったように、人が入り込めばあっという間にすり潰されて肉片と化すだろう。物理的なダメージを受けないファルマだからこそ侵入できる。

(錏の歯車の素材を解析)

薬谷完治から供与された、表面から非破壊的な検査方法で各種合金判別のできるハンドヘルド型の成分分析計を使って、ファルマは表面素材の簡易検査を行う。

既知の金属、合金とも一致せず。

隙間から隙間へ、歯車から歯車へと飛びうつって最下層を目指す。

歯車のある階層を抜けると、ドローンが急に揚力を失って落下してゆく。ドローンの光はあっという間に小さくなって奈落に消え、見えなくなった。

ファルマは早速道しるべを失った。

(なぜ落ちた？　クワッドローターは全て回転したままだった……)

そういえば、かなりの速度で降りているのに、ファルマの髪がたなびかない。肌には空気の流れを感じない。

(そうか、ここは真空なのか)

気付いてみれば、呼吸をすることも忘れていた。

もうとっくに、呼吸をしなくてもよい体になっていたのかもしれない。

宇宙空間へも往還できる薬神杖の飛翔性能が、流体力学を利用したものではなくて助かった。

永遠とも錯覚される闇の中を数キロほど下ると、ようやく底が見えてきた。

青白い光を湛《たた》えた、幾何学模様の描かれた床に足が触れ、竪穴の底へと到達した。薬谷完治が予測していた、鎹の歯車の底だ。先に落ちたドローンが粉々になっていた。

人類の科学を凌駕《りょうが》した人工物の出現に、ファルマは最大限の警戒をする。

（ここか）

地球側の協力者たちの奮闘により、鎹の歯車は地球との接続が切れた。

異世界側に残されたそれは、ひとたび闇日食が始まれば、守護神の残渣《ざんさ》を貪食し尽くし、また新たな鎹の寄生先を探し広大な宇宙をさまよおうとするだろうが、それも今回で最後だろう。

最後のチャンスである闇日食のタイミングで、この異世界時空を正常化させる。

ファルマは時刻合わせをしておいたスマホの時計を見る。闇日食までの時間は、あとわずかばかりに迫った。

「……ん？」

予定していた時刻になると、わずかな振動を検出した。

鎹の歯車は大きな振動を立て、軋《きし》みながら回転数を上げ始める。

（きた……！）

上階から順に下層へと鎹の歯車の構造が変化し、空間が閉ざされてゆく。

ファルマは完全に闇に飲み込まれてしまった。

光源は、自らの放つほのかな神力の光のみ。

無音の中で、鋑の歯車機構の最下層の底蓋《そこぶた》が開いた。

（まだ、鋑の歯車は駆動している……。動いている間に最深部に入り込まなければ）

底蓋から放たれた閃光の中に飛び込むと、浮遊感とともに視界がホワイトアウトする。

ファルマは気付くと、見渡す限り無限に広がる硬質な人工物の平面上に倒れていた。

存在しない神経の接続を確かめながら体をもたげると、重力がある。

視界に入ったのは、規則正しく並んでいる無数の石碑のようなもの。

墓地のような場所だった。

広大無辺の墓地から天を見上げると、満天の星が広がっている。

（予定どおり、世界の果てにたどり着いたんだろうか）

これが幻覚なのか、現実なのか、ファルマにはもう確かめる術がない。それでもまだ、薬谷完治の筋書きのとおりに事は運んでいる。

ファルマは、彼の描いた計略を逐次思い出す。

【最下層に到達したら、墓地のような場所にたどり着くはずです。そこはいわゆる管理区画、歴代の守護神たちからは別の名で『墓地』と呼ばれていました】

異世界の管理者が、歴代の守護神たちに『墓守』と呼ばれてきた理由が、ファルマはこの空間に入るまで分からなかった。

しかし、今なら一目瞭然だ。たしかにここは墓地のように見える。

ファルマは立ち上がり、墓石の一つに近づいてあらためる。

墓石のように見える台座型の構造物の側面に、透明な棒状の晶石が刺さっている。その晶石が放つ燐光《りんこう》のような輝きはあまりに儚《はかな》く、美しかった。

しかし、見とれてはいられない。

【私の墓を見つけてください】

その墓地には守護神らに加え、全ての異世界人の『墓』があるという。

墓の内部に格納されている晶石には記憶データがリアルタイムに蓄えられていて、記録の終わった晶石は光を失う。

そのシステムを誰が考えたのかは分からない。しかし、墓守という集合自我が、記憶の整理保管を必要としていた。

墓地といえば局所的に聞こえるが、莫大《ばくだい》な広さで、一つの惑星に匹敵するほどの敷地がある。過去数百年にもわたる死者の名を刻み続けてきた墓地の中からたったひとつの墓石を、何の情報もなく探すのは容易ではない。

なので、ファルマは事前に薬谷完治からアドレスを聞いていた。

【私の墓は三六一区画二二列一五番にあります】

ファルマは空中に舞い上がり、三六一区画にある『ファルマ・ド・メディシス』の墓石を探す。

探し出すまでに小一時間ほどかかったが、薬谷が事前に区画分けの印を教えてくれていたために、薬神杖を使って上空から探すことができた。

「あった」

ファルマの名が刻んである墓石を見つけた。自分の名と対峙《たいじ》すると、死に場所を定められたようで心が崩れそうになる。

ファルマは斜め掛けにしていたバッグから、緩衝材に包まれた棒状の結晶を取り出す。

【その墓石の中に格納されている特殊な晶石がありますから、その一つをすり替えてください。これは管理者の権限を奪う修正プログラムのようなもので、集合自我の各記憶の重みづけを変え、私とあなたによる干渉が可能になります。もともと格納されている晶石は右に二回、左に二回、右に一回と回せば外せます】

ファルマが晶石に手をかけて言われたとおりに回した、その直後だった。

【ただ、それを試みた時点で墓守も何らかの防御プログラムを発動させるかもしれません】

薬谷の言葉が頭をよぎったとき、墓地の内部が不安定化してきた。

空間が波うち始め、ファルマを襲うように衝撃波が吹き荒れる。

墓石の位置が入れ替わり始め、表面の刻印がはがれ始めた。

(っ……やっぱりか！　墓石の位置を撹乱《かくらん》させるつもりだ！)

ファルマは、異世界薬局から持ち出していた糖尿病患者の血液をファルマ・ド・メディシスの墓石にバイアルごと投げつけてガラスを割り、付着させた。

こうしておけば、どこへ紛れようとも、この空間にある限り診眼を使ってこのサンプルの位置を特定することができる。

それを阻むように、小さな人影がファルマの目の前に現れた。

『にぃに』

ファルマの目の間に手を広げて立ちはだかった少女は、幼き日の、それも健康だったころの薬谷ちゆの姿をしていた。

ちゆの面影はその当時と何一つ変わることなく、ファルマの記憶を反映しているのだろうと予測がつく。

この空間では、記憶をもとに虚像を創り出せるのだろう。

【記憶という情報が蓄えられたその場所では、あなたの記憶を反映させた〝不適切〟な残像を見るかもしれません】

（……死者の記憶はどっちなんだろうな）

あるいは自らも、ある世界では紛《まが》いものでしかない。

『ここ。暗くて寒いよ。はやくおうちかえろ。お母さんもお父さんも待ってるよ』

「ああ……」

ファルマは俯《うつむ》いて答える。

その答えに安心したかのように、ちゆの幻は嬉《うれ》しそうに跳びはねる。

『今日の晩ごはんはハンバーグだといいな！　にぃには何がいい？』

「そうだな……。でもお前はちゆじゃない」

ファルマは在りし日のちゆの姿にトラウマをえぐられながらも、辛《つら》い現実に向かい合う。

『なんでそんなこというの』

少し涙目で、怒ったときには口をとがらせる。

体を揺らすそのしぐさも表情も、イントネーションさえ、あの頃のちゆとそっくりだ。ともすれば、場違いな追憶におぼれ、良心の呵責《かしゃく》から逃れるために、その存在を肯定して認めてしまいそうになる。

しかし、ファルマの心は揺るがなかった。

「もう、膠芽種《こうがしゅ》で亡くなった薬谷ちゆはいないんだ。新たな世界線で膠芽種を克服して成人し、新しい伴侶と幸せに暮らしている。その歴史が最適解となった。もう救われたんだ。不幸な少女はいなくなった。俺はその事実を受け入れる」

悔しさとやるせなさを噛《か》みしめながら、彼女の幻に呼びかける。

『にぃにはちーちゃんのこと嫌いになったの？　どうでもいいの？』

ちゆの幻はまさに悲痛な声を出し、ファルマにすがる。

彼女の絶叫は、ファルマの心にも届いている。

落ち着いて、彼女の声を聴く。

「嫌いになんてなるものか。だから、これ以上苦しまなくていい」

ファルマは決然として、ちゆの記憶を神力で薙《な》ぎ払った。

「ファルマ様。今日、もしお時間があれば一緒に買い物に行きませんか？」

消滅したちゆの残渣を塗り潰すと、入れ替わるようにロッテの幻が現れる。

その幻もまた、本物と見まがうほどリアルな質感を伴っている。

彼女の幻を消せないでいると、ファルマの躊躇《ちゅうちょ》につけ込むかのように、ロッテの隣にエレンの姿が現れる。

「ファルマ君、こんなところで何をやっているの？　ねえ、薬の仕入れのことで相談があるんだけど……今年はグリップのII型が流行《はや》りそうだから、ワクチンを多めに発注しようと思って」

エレンの口調はかつて耳にしたそれと同じ調子で、思わず返事をしてしまいそうになる。

何もかも元に戻ることができたなら、思い切り息抜きをしたかった。

「兄上、薬草園が野生化したノディフローラ《ヒメイワダレソウ》に襲われているんだけど、どうやって除草したらいい？　手で取るにも限界があるの。あと、黒星病予防の農薬の作り方だけど……」

薬草園で作業中らしきブランシュが、ファルマに助けを求めてくる。

「ファルマ、生物学的製剤を設計しているんだが、いつ予定があいている？」

パッレが資料を片手に楽しそうに話しかけてくる。

「ファルマ様、週末にジュ・ド・ポームでもいかがですか？　私の所属するクラブが新規の会員を募集していまして……ぜひにと」

背後から現れたセドリックが朗らかに誘う。

「ごめんね」

次々に現れる幻像に、ファルマは神力を当てて彼らを消滅させ、振り払う。

全ての幻を消し去った後、さきほど探し当てた自分の墓石に標識として用いた血液の所在を探す。

ほどなく目的の墓を見つけ、ファルマは最短距離でそこへ到達する。

この場所は急速に神力を消耗してゆくのだろうか、自身の神力が底をつきそうだ。

残された最後の神力を駆動して神術を繰り出しながら、先ほどの続きを始める。

墓石の晶石を抜き、異なるものにすり替えると、チカッと何かが閃《きらめ》いた。

ファルマの両腕の薬神紋は、組みひもがほぐれるように剥離し、崩壊する。

(もっとだ……!)

飛来する光の束に襲われ、存在が摺《す》り下ろされて寡《すくな》くなってゆく。

苦痛もおそれもない。

ただ、存在の全てで不思議な感動を味わっている。

ファルマ・ド・メディシスの記憶と合流し、世界を更新に導く。

更新を終えたとき、ファルマの意識の連続性は絶たれて、永遠の静寂が訪れたように感じられた。

◆

……。

…………。


大脳新皮質から少しずつ、意識に光が差し込んでくる。

自己の認知が始まる。

どれほど時間がたっただろう。

暗闇の中で、『彼』は意識を取り戻した。

意識は混濁しているが、痛みは感じない。

自発呼吸をしているか、確認できない。

脈拍は正常。

聴覚。物音がわずかに聞こえている。

『彼』が肉体に宿っているのだと気付いたのは、角膜上皮に刺さった異物によってだ。

(今度は、どこにいる……。俺は、どこに?)

恐る恐る瞼《まぶた》を開く。

周囲に光はなく、網膜に像を結ばない。

眼球運動の方向が垂直方向のみに限られていることにも気付いた。

(口も開かず、舌も動かせない。ということは、動眼神経、滑車神経までは正常……外転神経と顔面神経、舌下神経はだめかもしれない)

さらに状況を確かめる。

発語ができない。

唾も飲み込めない。

呼吸はしているが、意識的にはできない
どうも脳幹の中枢に重大な損傷を負い、全身に麻痺《まひ》があるらしいとは認識できた。

幸いなことに、呼吸中枢は無事なようだ。

全身状態がどうなっているのか。

それ以前にここがどこで、この意識が誰のものなのか、『彼』には何も分からない。

少なくとも、二つの人間の記憶が自身の中に残っている。

理解できるのは、この状況では助けすら呼べず、生還は極めて難しいということ。

(これはおそらく……閉じ込め症候群だ)

閉じ込め症候群とは、認知能力を残したほぼ完全な全身麻痺の状態だ。

眼球運動とまばたきのみ、自発的に動かすことができる。

助かりたいのだろうか。

このまま消えたいのだろうか。

ただ、少しの猶予があるのなら、ただ滅ぶのではなく変貌した後の世界を知りたいと思った。

何もかもうまくいったはずだ。

自分以外は。

この状況で、生還のためにできる努力は限りなくゼロに近い。

そもそも、自らの手で張り巡らせた防壁が救助を阻む。

もし仮に……幾重にも幸運が重なって発見されたとして、彼に意識があることに気付く医療者がいるだろうか。

……難しいかもしれない。

はっきりとした意識の中で、彼は世界の再生を願っている。

鎹の歯車の崩壊によって、異世界との連結は切断された。

この世界は、物理法則に基づく神術なき世界へと更新を果たした。

それもまた一つの解であるこの時空に賭して、世界をよみがえらせるかもしれない。

人々は何度でも助け合って、異なる歴史を重ね、進化の解を導き出す。

知らない宇宙の片隅で、生命の営みを継承してゆくのだろう。

そこに自分がいてもいなくても。

(せめて、意識が続く限りは起きていよう。それが生還のための唯一の努力だ)

決して寝てはならぬ。

彼はそう、自らに課した。

十話　再会

一一五二年八月二十二日。

旧神聖国では闇日食の日を迎えた。

危惧されていた世界の終焉《しゅうえん》は起こらなかった。

ファルマの張り巡らせていた三重の防壁のおかげで、人的・物的な被害は完全に防がれた。

翌日、遺構の崩落の危険もかえりみず、サン・フルーヴ帝国と神聖国の有志調査団が立ち上がり、鎹《かすがい》の歯車の遺構の調査がかつてない規模で始まった。

事前にサロモンら土属性神術を使う神官たちが拵《こしら》えていた侵入経路から、三重の防壁の内部へ入ってみると、鎹の歯車の中心部は文字どおり消滅して、あとには大きな穴が残されていた。

誰も知らないうちに、世界の更新は静かに終わってしまったのだろう。

捜索に参加した医療団の一人、エレオノール・ボヌフォワはそう思えてならなかった。

なぜなら、自身の体から神力が蒸発し、診眼は使えなくなり、神術陣は絶えて消滅したからだ。

神杖《しんじょう》はただのノスタルジックな骨董《こっとう》になり、晶石は輝きを失い、宝石以下の石ころになった。

神脈をねじ切られ、水や物質創造の操作ができなくなった。そしてそれは、エレンだけに限らず全ての神術使いに起こった。

世界のあらゆる場所から神力と、神力から派生した神術は消えた。

誰に尋ねても、神殿の神官ですらも、ただ一人の例外もなく、神力を残している者はいなかった。

こうして、神力に依存していた社会は、守護神の庇護《ひご》の外へ放り出された。

メレネーやマイラカ族たちも呪力を失い、霊の声を聴くことはできなくなった。

祖霊たちはどうなったのか、誰にも分からない。

見えなくなったが、これからは心の中にいるのだとメレネーは言う。

ファルマの安否はまだ知れない。

祖霊たちがそうなったように、ファルマの姿や存在を誰もが認識できなくなって、ファルマがこちらの世界に介入できなくなってしまったら、それはもういないこととほぼ同義なのかもしれなかった。

（この世界が存在しているということは、ファルマ君の計画が成就したということ？）

本当に、彼が一人で全部背負わなければならなったのだろうか。

結局、彼の犠牲と引き換えに人々全員が助かった。

結果はそうなのだが、エレンはあまりにやるせなく、受け入れられない。

そうならないように防ごうとしていたのに。

彼を守ることができなかった。

罪滅ぼしのように、彼の痕跡を探している。

（私たちは、彼の何を探しているんだろう）

エレンは捜索しながら、やるせない気持ちを押し殺す。

生身で生きていてくれたら申し分ないが、見つかるのはせいぜいファルマの断片か、おそらくは何も見つからないというのが現実だろう。

その事実を、自分を含めてここにいる全員が、果たして受け入れられるのだろうか。

何かが見つかるのは、怖い。

「どこまで捜しますか。もう少し下へ進みますか」

「お願いします。彼が最後にいた場所は、もう少し下なんです。私一人でも行きます」

エレンは最後にファルマがいた場所の深度を神官らに伝える。

エレンたちは巨大な竪穴に、命綱をつけて降下している。命綱は地上部で巻き取り式になっているが、途中に瓦礫《がれき》の層があるのでそれを取り除かなければならない。

「ふう……」

自身の筋力と体力だけを頼りに瓦礫を除く肉体作業は、気鬱《きうつ》する。

昨日までの自分とは別人のようだ。

昨日までは神力を持っていたから、エレンは常人であることを自覚せずにいられた。神力という優位性を失った体は重く、動きは鈍く、非力で、肉の塊のように感じる。

何もかもが、無価値になってしまったように錯覚される。

彼女にとってある種の、遅すぎた挫折でもあった。

「この爆発では……生身で助かっているとは思いがたいです」

「あまり深くなると、崩落の危険性も」

神官が躊躇《ためら》いながら告げる。

彼らもまた〝凡人〟となってしまった人間たちだ。

守護神を失った彼らは、一体何に仕えているのだろうか。

神力を失ったことにより、精神的な支えや、自尊心や勇気すらも失いかけているのかもしれない。

(皆、ギリギリなのね。私もそう……それでも……)

そんな思いがエレンの胸に去来する。アイデンティティの喪失は、希望をとりあげる。

「彼の顔を見るまでは、私は諦めたくありません」

それが無言の対面になるかもしれないということは、エレンにも分かっている。

『彼』が見つかるのではなく、その〝一部〟や〝形見〟という物質に還《かえ》ったものかもしれない。

「もし、彼が生身の状態で生きているなら、既に一日半がたちました。人間が飲み水なしで耐えられるのは、およそ三日間とされています……。さらに、地下は体温を奪います。低体温症になってしまえば、一時間と保《も》たないかもしれません。時間の経過は重大な意味を持ちます」

どのような状況になっているか想像もつかないが、早く見つけるにこしたことはない。最大限に甘く見積もっても、ファルマの姿が地上に見えないということは、助けなしでは自力では上がってくることができない状況にあるのは間違いない。

「で、ですが……地の底まで行くおつもりですか？」

「ボヌフォワ師。もちろん、私どもは手掛かりが得られるまで捜し続けるつもりですよ。ファルマ様がここにいらしたと、あなたが知っておられるのでしょう」

若い神官の弱気な言葉を遮るように、サロモンが答えた。

「はい！」

エレンは深く頷《うなず》く。

「この仕事が終わったら、私どもは還俗《げんぞく》しようと決めておりまして。最後の務めとして、無手で帰るつもりはありませんので」

「……神官を辞めるということですか」

「神力を失うということは、召命が終わったということです」

サロモンはそう告げると、黙々と捜索を続けている。

陥没穴の、さらに地底深くまで進まなければ、ファルマのいた場所にはたどり着けない。

彼らは躊躇《ちゅうちょ》をせず、地中深くへ身を投じてゆく。

エレンは一つの時代が終わったのだと感じ入った。

◆

大神殿からの緊急招集を受けて後からやってきた神官らが、鋖の歯車の遺構の周囲にテントを設営した。

捜索人員全員が同じように捜索に繰り出しても命綱のロープが足りないので、数時間ずつ人員を入れ替える。

マイラカ族のメレネーたちは、先に繰り出していったエレンたちの交代要員として休憩をしていた。十分な水と食料も提供され、メレネーたちはほっとしたように一息ついていた。

そんな中で、メレネーだけは苛々《いらいら》としている。

「メレネー、どうした。食わんのか？　食えるときに食っておけ」

「腹が減っていない。それよりもだ」

メレネーはテント内の無人の空間を凝視している。

「パラル！　おい、パラル！　いるのだろう？」

メレネーがパラルをなじるように呼ぶが、返事はない。当てが外れたメレネーは舌打ちをする。

「霊たちは本当に消えたのか？　私にはそうは思えん」

「消えたはずだ、諦めろ」

メレネーが現実逃避をしているので、アイパがそれを否定する。

「ちょっと試したいことがある、手伝え」

「何をするつもりだ？」

メレネーはテーブルの上に載っていた皿をどけて作業スペースを確保すると、帝国神官が用意した雑記帳を手にして、何かを書きつけている。

「クララがやっていた、降霊術というものだ」

「それは神術なのか？」

そう言ったレベパをメレネーがじろりとにらむ。神術の見よう見まねなど、軽蔑するといった具合だ。

「完全な神術でもないらしく、呪術に近い。だからやってみる」

「呪術はなくなったと言っているだろう」

レベパがメレネーを諭すように言うが、メレネーはつっぱねた。

「吾《われ》らマイラカ族は呪術の申し子だ。古今東西、呪術ありと聞けばただ試行あるのみ」

「……勝手にしろ」

「言われなくても」

メレネーはうろ覚えで、降霊術の準備を始める。

サン・フルーヴ帝国の文字を操り、クララのやって見せたとおりに文字盤を描く。

メレネーは準備を整えると、深呼吸して文字盤のスタート位置に指を置く。

「パラル、いるか？」

メレネーの渾身《こんしん》の呼びかけに応じるように、すっ、とメレネーの指先が動いた。

「おおっ!?」

「うそでしょ」

「メレネー、お前やけになって自分で指を動かしているのではないだろうな」

「霊は見えないだけで存在するとなると、ファルマのしたことが無駄になるのでは」

兄妹たちも騒然となりつつ、その動向に注目している。

「いや、だからそれを確認しているのだ、兄者たち」

ファルマのしたことの何が成功していて、何が失敗しているのか、手掛かりを得たいというメレネーに賛同する。

「私の自己暗示的なものかもしれんがな。こういった試行を実験というらしい。パラル、ファルマは生きているのか？」

メレネーの指先が『肯定』の選択肢へと滑る。

メレネーは時間をかけて聞き取った。見えなくなっても、パラルはそこにいるのかもしれない。

それで得た答えから、ファルマの居場所はエレンたちの予測している捜索範囲では決してたどり着けない場所に絞られた。

「いかん、エレオノールたちが捜しているのは見当違いの場所だ。時間が無駄になる！」

「なんだと!?」

メレネーは血相を変えて、単身テントの外に繰り出していった。

◆

「エレオノール！　朗報だ！」

メレネーがロープを操って、壁面を飛び降りるように軽やかに下りてきた。

彼女の動きは熟練のサーカス演者のようで、エレンは彼女の身体能力の高さに感心してしまう。

「ファルマの位置が分かった、横穴の奥にいる。まだ生きているようだぞ。横穴への目印は小さな飛行機だ」

「飛行機……？　どうしてそれを知っているの？」

エレンはメレネーの言葉に半信半疑で眼鏡をかけなおす。

メレネーが言っている飛行機というのは、ファルマが時折、動作確認のために庭で飛ばしていたドローンというもののことだろう。精緻な構造物で、彼が異世界から持ち込んだものだ。

「降霊術だ。クララの真似をしてみたらできた。正解かどうかはこれから確かめにゆく」

「降霊術は知っているけど、霊がいなくなったのに降霊術が効くの？　昨日までの、神術や呪術があった世界とはもう違うのよ？」

エレンは落胆とともに、迷信という言葉が喉から殆《ほとん》ど出かかっている。

メレネーはそんなエレンのことを何もかも理解したかのように、不敵な笑みを浮かべる。

「まあ、殆ど迷信か私の何か小難しい心理作用がそうさせるのかもしれんが、ファルマがバカみたいに無策で自爆をするとは思えんのだ。念のため確かめる」

「飛行機って、四枚羽のおもちゃみたいなドローンのことよね？」

何かに使うと言っていたので、ここにあっても不思議ではないが……。

「名前は知らんが、そういったものだろう」

メレネーは適当に応じながらも、どこにあるか目星がついているらしく、場所を絞って発掘作業を始めた。

そしてしばらくすると、

「あったぞ！　ファルマの持っていたのはこれのことか？　お前は見たことがあるのだろう？」

メレネーの指さす先に、半壊したドローンのようなものが地層にめり込んでいる。

「え、うそ！　でもこれ、ファルマ君のだわ！　信じられない！」

エレンはメレネーにつられて叫んだ。

「見ろ！　パラルの言ったとおりだ。あるぞ、横穴が！　ここを崩してみろ」

メレネーは降霊術の正しさを確信したのか、得意げに素手で掘り進めている。

「メレネー、ちょっと、スコップ持ってこなかったの？　ランプを持って入らないと、何も見えないわよ」

「明かりは後ろから持ってきてくれ」

「もう……焦らないで」

メレネーを先頭に匍匐《ほふく》前進で進んでゆくと、横穴は人が腰をかがめて通れるほどの広さに達し、やがて立って歩ける高さの空洞部へと出た。

「ファルマ君はどうしてこんなところに？」

「爆発をやり過ごすために、横穴で衝撃に備えたのでは」

「そう……かも、だといいな」

エレンはメレネーの楽観的な想像に救われる思いだ。何者かに攫《さら》われたのでは、という懸念はメレネーが否定してくれる。

エレンはにおいに気をつける。有毒ガスなどが発生していたら危険だ。

そしてメレネーの予言したとおり、横穴をしばらくゆくと、そこには瓦礫に半身が埋まったファルマの姿があった。

「うそでしょ⁉　ファルマ君！」

エレンはその姿を見て、心臓が張り裂けそうな思いだ。

「これでは、もう……」

助からないのではないか、と追いついた神官の一人がうなだれた。彼らは搬送用の担架を持ってきていた。

「待ってね」

安全を確認しながら、エレンが注意深く接近する。

震える声で彼の名を呼ぶも、ファルマは呼びかけにこたえない。肩を叩《たた》いてみるも、反応はない。

意識なし、とエレンは判断する。

眼に見える範囲に大きな出血はない。

(呼吸音の確認)

まずは耳を口元に近づけ、胸の動きを注視しながら呼吸の有無をみる。

(呼吸がある……！)

震える手でバッグから聴診器を取り出し、胸のあたりの瓦礫をどけて左右の呼吸音と心拍を聞く。

呼吸はできており、心不全にもなっていない。

「呼吸も脈拍もある……！　死んでいません、生きています！」

全身状態によっては、もってあと数時間の命かもしれない。

諦めてしまうことは簡単だ。既に事切れていたらどれほど楽か。

しかし、ファルマの身体は諦めていない。

呼吸回数は正常より多い。

胸から下が埋まっているので、頸動脈《けいどうみゃく》と橈骨動脈《とうこつどうみゃく》が触知できる。

測ってみると、血圧116／58、脈拍86だった。

明かりを持ってきてもらい顔色を確認すると、チアノーゼもなく、酸素化も保たれているようだ。

体温計ではかると、体温は三五度台。ファルマのかつての平熱は三六度台だったので、やや低い。

エレンは、次に痛み刺激の有無を確認する。

反応がみられないことから、意識レベルのスケールにおいて三〇〇であると見積もる。

(神経系はどうなっているの……?)

エレンはさらに瞳孔、両側の対光反射をみる。

「あれ?」

ライトに対して部分的に追視が行われているのか、視線が合った気がする。

はっきりと瞬《まばた》きをした彼の瞳が、エレンをみとめているようにも思う。

「いた!」

エレンは彼の瞳の奥に、ついにファルマの意識を発見した。

「聞こえていたら、二度瞬きをして。できないなら、上下左右に視線を動かして」

エレンの予想どおり、ファルマが開閉眼でエレンに反応した証拠を得た。

小さな小さな動きではあるが、ファルマはエレンと意思疎通を始めている。

エレンは瞬きすら忘れ、どんなシグナルも見逃すまいとする。

「よかった。瞬きはできるのね。視線はどう? ファルマ君、え? 上下しか動かないの?」

エレンは反射の確認をすすめる。

土礫《どれき》の中から掘り出した上肢の腱《けん》反射が亢進《こうしん》していることに気付く。

「ということは、脳幹か脊髄に損傷があるのかしら? どうしよう……搬送のときに頸部《けいぶ》を動かさないようにしないと。担架にうまく固定できるかしら」

考えるべきことは山ほどあるが、既に死亡していても何ら不思議ではない。とにかく彼が生きていてくれてよかったと、束《つか》の間《ま》の喜びをかみしめる。

「では、直ちに瓦礫を除いてお助けしましょう」

メレネーやサロモンら神官が瓦礫を除く間、エレンは次の対応を考える。

「これで助かるな」

メレネーがエレンに同意を求めるように、ほっとしたように息を吐くが、エレンは浮かない顔をしている。

「どうした？」

神経系の損傷だけでなく、挫滅《ざめつ》症候群を予測しておかなければならないからだ。

「まだ安心できない。さらにこれ以上の組織の損傷を防ぐために救出は急がなければならないけど、挫滅症候群を発症して、救出してすぐ心停止する可能性もあるわ」

「なんだ、その罠《わな》みたいなものは。医学のことは難しいな」

医療知識ゼロのメレネーはもどかしそうにぼやく。

エレンは挫滅症候群のリスクを見積もっている。

エレンたちが救助に来るまでに、ファルマはここに十時間以上挟まれていた可能性がある。下半身を掘り出してみないと分からないが、圧迫により筋肉が挫滅している可能性が高く、挫滅症候群の恐れが高い。

挫滅症候群では、瓦礫や土砂で挫滅し壊死《えし》した筋肉から生じたカリウムやミオグロビン、乳酸などが、圧迫からの解放で挫滅部位に血液が還流することによって一気に全身に巡り、重篤な場合はショックや急性腎障害、高カリウム血症による心停止などから、死亡につながる。

エレンも、そしてファルマですらも、まだ挫滅症候群の症例に遭遇したことがない。

(脱水により、既に腎障害も生じている可能性が高いわ。あれこれ考えるより、点滴が先！)

エレンは脱水の補正と挫滅症候群を想定して、腎臓を保護するために生理食塩水の大量輸液を行う。一本目は加温せずそのまま投与する。加温しているにこしたことはないが、とにかく補液を急ぎたい。復温のために輸液を加温するのは、二本目からでいい。

瓦礫の除去がまだで尿量の確認ができない間は、大量輸液の継続は心不全の恐れがある。そこで、輸液の流速を落とす。

救出後に筋挫滅などにて腫脹《しゅしょう》がひどくコンパートメント症候群を呈する場合には、除圧するため筋膜切開をしなければならないのかもしれないが、出血をコントロールできる自信がないので、外科系の応援がほしい。エレンは外科のブリジットの顔を思い浮かべる。

「それから、すぐに血液浄化ができるように用意しなきゃ……」

脱水や挫滅症候群による腎障害を予防するために、既に補液を開始しているが、救出後に下肢の循環が再開したら、挫滅組織からミオグロビンなどが大量に溢《あふ》れ出し腎障害が生じる可能性が高い。ミオグロビンの分子量は大きく、透析で積極的に除去することは難しいが、高カリウム血症やアシドーシスの補正は可能だ。すぐに透析ができるように準備をしておきたい。

旧神聖国のほど近くに、聖帝の細胞培養を行っている医療研究施設である西部医療研究所があり、透析が可能な状況にある。

エレンはその施設をファルマとともに訪れたことがあり、場所も、施設の状況も把握している。人命救助に必要な医療機器、医療材料も、製造の難しい異世界薬局直系の透析用フィルターも、ファルマに気付かれないよう、事前に手配してある。

「ここから西部医療研究所までは、馬車で一時間ほどかかりますか？」

「急いでも、その二倍はかかるかと」

研究所は災害に巻き込まれないように、敢《あ》えて少し離れた場所にあるのだ。何時間以内に透析をという基準はないが、早ければ早いほどいいので、できるだけ早く取りかかりたい。

「では、現地スタッフにファルマ君を搬送する旨を伝えてください。挫滅症候群に伴う腎障害に備えて、すぐに透析ができるようにしておきたいんです」

「はい、直ちに。急がせます」

「ここに留《とど》まっていては崩落が怖い、地上に戻るぞ。担架を使うか？」

やることがなく、手持ち無沙汰のメレネーがエレンを促す。

皆がエレンに注目をしており、良かれと思って質問攻めにされる。彼らの期待が重いが「何かしたい」という彼らの思いもエレンには分かる。

「そうね……」

エレンの頭の中がぐちゃぐちゃになっていたとき、ふとファルマの存在を思い出した。

彼は確かに全身麻痺《まひ》の患者だが、意思疎通ができて、まだある程度の認知機能を残しているかもしれない。ずっと目の前にいたのに、意識の埒外《らちがい》においていた。

「ファルマ君、聞こえている？」

エレンはすがるように彼に尋ねる。

ファルマが明瞭に肯定したのを確認し、いつもの彼に話すように言葉をかける。

もはや独り言ではない。彼はエレンの話を聞いてくれている。

「まだ断定はできないけれど、あなたは閉じ込め症候群を発症している可能性があるわ。この瓦礫の中から救出して、西部医療研究所に運んで治療をしたいの。まずは、挫滅症候群を心配して、透析ができるように準備してる」

ファルマと話しているうちに、少しずつ落ち着いてくる。

エレンはファルマに傍《そば》にいてほしかったのだと気付いて、自らがいかに不安だったかを思い知る。

「ね。それで、いいんだよね？」

じっとうかがうと、エレンの質問に対して彼の瞬きは肯定を示した。

師に褒められた子供のように、エレンはほっとする。

大丈夫だ。

まだやれる。

エレンは自らを奮い起こす。

「あなたが教えてくれていたから、次になすべきことが分かるわ」

ファルマはエレンの言葉を聞いてもう一つ肯定すると、力尽きたのか、ゆるゆると瞼《まぶた》を閉じてしまった。

「寝た……」

無敵の守護神という存在から、エレンたちの手に命運を委ねた全身麻痺の人間に戻った生身の彼にふれ、感動と感謝がこみ上げてきて、泣き出しそうになる。

人体とは外的環境に対して、これほどまでにか弱く儚《はかな》い。

彼の陥った状況は、エレンに身をもって課された最終難題なのかもしれない。

エレンはそう受け止めた。

◆

ファルマを救出した後、西部医療研究所に到着したエレンは、ファルマの教科書を広げる。

エレンは教科書の内容をほぼ一言一句記憶しているが、記憶違いがないか見直して確認する。

外傷によると思われるが、やはり中脳、橋《きょう》、延髄などの脳幹部のうち、橋の腹側のみがピンポイントで障害されたために、閉じ込め症候群を呈しているようだ。

この部位の障害はどこをとっても殆どが即死となるために、生きていてくれたことは、まさしく奇跡だったと思う。

まずは、挫滅症候群を乗り越え、全身状態を安定させたい。

急性期を脱したら、誤嚥《ごえん》性肺炎の予防、栄養管理、廃用症候群の進行抑制など、できるだけ状態を良く保ち、回復を期待したい。

そのロードマップは、詳細にファルマ自身が教科書に記載してくれている。こうなることが分かっていたわけでもないのに、彼の記述は全てに対応していた。

ファルマとは瞬きによって意思疎通がとれるから、分からないことがあれば彼に指導を仰いでもいい。それでもファルマは手が動かせず図解などは難しいので、基本的にはエレンたちが治療計画を立てなければならない。

聖帝の細胞を培養していた研究拠点がまだ使えるので、彼の神経細胞を再生できる。

ファルマのもたらした遺伝子工学がエメリッヒの難病を救ったように、今度はエメリッヒの研究がファルマを救うかもしれない。

あの日を境に、何もかもがなくなったわけではない。

神術はなくなっても、それ以前に神術により合成されていた物質は消えていない。

パッレやファルマの神術により合成されていた、ありとあらゆる医療材料がある。

道のりは険しいが、やるしかない。

その試行錯誤がまた、医療の新たな地平を作る。

この世界の医療はここまできた、ファルマは最終講義でそう告げた。

その先の道は、この世界の誰かが歩いた後にできる。

（私たちが力を尽くして、それでもファルマ君が回復する日はくるのかしら）

また、過去の録音ではない彼の肉声を聴きたい。

彼の笑顔を見たい。

笑ってほしい。

また彼と話がしたい。

そんなささやかな願いのために、エレンは頑張ることにした。

◆

西部医療研究所で急性期の治療を受けたファルマは、数回の透析で全身状態を保つ間に腎障害も改善し、ド・メディシス家の近くに位置する旧サン・フルーヴ帝国医薬大学附属病院の入院棟へと移送された。

詳しい検査の結果、エレンが予想していたとおり、閉じ込め症候群の状態であることが判明した。

閉じ込め症候群に関しては、現在確立した治療法はない。

できることといえば、全身状態を維持しながら回復に期待するというのが、ファルマの教科書に書かれていた内容だ。

起き上がって歩けるようにはならないが、にっこりと微笑《ほほえ》んだり、会話など、簡単な意思表示ができるようになるかもしれない。

閉じ込め症候群の生命予後は、意外にも五年生存率は八〇%を超える。死因は肺合併症が多く、早期のリハビリの開始が重要となる。

「今日はいい天気よ。明日はパレードがあるからか、往来がせわしいわねえ」

その日も、エレンは病室のカーテンを開けながらファルマに語りかける。

自力で体位を変えられないファルマは外の風景を見ることができないので、エレンは独り言のように話して聞かせるが、彼はしっかりと聞いている。

今日は出勤前のロッテも一緒だ。

ファルマが事前に構築していた医療体制が功を奏して、彼は入院棟に患者の一人として入院しており、ほかの患者と同じく二十四時間体制での看護が行われていた。

見舞いや面会を希望する者が多いので、彼は個室で管理されている。

当初は末梢《まっしょう》静脈を使って栄養していたが、血管炎を起こしたため、今は誤嚥性肺炎に注意しつつ経鼻胃管栄養に切り替えている。

褥瘡《じょくそう》の予防のため、二～三時間おきの体位交換も必要だ。

寝たきりの状態が続いているので、廃用性の筋委縮のため筋肉量も急速に落ちている。

合併症予防やＱＯＬ向上のため、さらに関節の拘縮が起こらないようにエレンやパッレ、ファルマの教え子、一期生となった理学療法士らによって関節の可動域を保つためのリハビリが行われており、ＥＭＳ（電気的な筋肉刺激）を使った筋肉量の維持も試みられている。リハビリの実施と継続は必須だ。

エレンは現在、異世界薬局DGとしての立場もありながら、帝国医薬大学附属病院改めサン・フルーヴ医薬大学附属病院にも薬剤師として勤務している。

彼女が今現在所持している資格は、『薬剤師』の一つだけだ。

神術という薬師の等級を規定する評価基準が消えたため、薬師間に差をつける必要がなくなった。そのため、旧貴族、平民を問わず、新薬を取り扱う教育課程を経て薬剤師試験に合格した者は薬師から薬剤師へと呼称が変更された。

薬剤師以外でも、登録販売者の試験に合格した者は、登録販売者になった。

医師免許も同様に、医療用医薬品を取り扱うために基準が刷新されていた。

「今日はチューブの交換をしましょうね」

エレンが経鼻チューブを用意し、鼻腔《びくう》内に麻酔薬入りの潤滑剤を少し入れ、経鼻チューブにも塗布し、ファルマの鼻腔から胃管を挿入する。

胃管にシリンジで空気を入れて、聴診器で胃の上から音を聞き、胃液をシリンジで引いて誤嚥をしないか確かめる。

手技を間違えないか、不快な思いをさせないか、エレンは何度やっても緊張する。

胃管から入れる栄養液は、ファルマが教科書で書いていた経管栄養剤ではなく、野菜スープや、ペーストしたパテをスープでのばしたものだ。ファルマはその舌で味わうことはできないが、せめてと普通の食材での調理を指定している。

毎日の作業なのでエレンはもう手慣れたものだが、ロッテは共感しているのか、鼻をおさえて顔をしかめている。

「何回見ても鼻がつーんとします。痛くないですか？　ファルマ様」

エレンはロッテの素朴な感想に笑う。彼女の感想はいつも和む。

「そう？　ちゃんと潤滑ゼリーで局所麻酔してるわよ。どう思ってるのかは聞かないけど」

麻酔は気休めにしかならないかもしれないが、それはロッテには言わない。

「ファルマ様、リハビリが終わったらあとで私の新作を見ていただけます？」

「あら、ファルマ君、リハビリを頑張らなきゃね」

ロッテは頻繁に風景画の新作を制作し、帝都や郊外の写真を撮ってファルマに見せに来る。動けない彼に対するロッテのささやかな気配りや励ましは、ファルマの精神的な支えになっているかもしれない。

エレンはふとまじめな顔になって、ファルマに告げる。

「ファルマ君。今日の午後はエメリッヒ君たちが同意説明文書を持って神経幹細胞を使った再生医療の詳しい説明に来るわ」

「もう準備ができたのですか？　いよいよですね！」

エレンの言葉を無邪気に受け入れて、ロッテの声が弾む。

ファルマはエメリッヒらが研究をすすめている、ファルマ自身の骨髄から作った自家細胞を利用した、橋腹側の障害を修復する再生医療に参加の意向を示していた。

その治療に進む前に、同意取得の手続きが必要だ。

ファルマとの意思疎通は、直接的には文字盤とまばたきを通して可能だ。彼は無線通信の開発にかかわった経緯からモールス信号も完璧に使えるので、モールス通信を覚えたエレン、パッレ、ブリュノ、エメリッヒ、ブランシュらとはそれで高速かつ直接の非言語コミュニケーションを行っている。ロッテはモールス通信はあまり得意ではないので、文字盤を使っている。

ファルマは誰かが問いかけたとき以外、何か意思を発することは少なく、要求もきわめて少ない。ただ、医療スタッフの献身的な看護と介助に心から感謝をしていることは、折に触れて伝えていた。そして、医療スタッフの負担を減らしたいとも。

「エメリッヒ君たちは、あなたの指導のもと、長年準備していたからね」

「まさかファルマ様が、その最初の被験者になるとはですね」

エレンとロッテは感慨深そうに頷く。

エレンはこの臨床試験のデメリットも危険性も理解しているので、楽観的ではいられない。動物実験では成功しているが、それが人間の患者でも有効なのかどうかは、ファルマ自身が身をもって知ることになる。

臨床試験に参加するリスクとベネフィットを比較したうえで、たとえ失敗しようとも、人類の医療の発展と、そしてファルマ自身のＱＯＬの向上のため、身体機能を取り戻すために、意欲的に参加しようとしている。

「同意説明のときには、ご家族もいらっしゃるからね。代筆をしてもらうわ」

臨床試験の同意説明と同意取得の手順は、彼が確立したものだった。

パッレもブリュノも、それぞれの持ち場で精力的に働いている。最先端医療に携わる多忙な日々を送っているが彼ら全員が、一日の始まりと終わりにファルマの顔を見に来て会話することを忘れない。

ファルマも、彼らの思いに応えて離床したいのだろう。このような状況下にあってもファルマの精神が安定しすぎていて、エレンは敬服する。

「焦らなくていい。ゆっくり休むといいわ。これまでたくさん働いたのだから」

ここに存在するファルマは、守護神でも無敵の管理者でもなく、正しく人間であった。

神力は枯渇し、両腕にあった薬神紋もない。

注射針は彼に刺さるし、血液も流れている。

聖域に守られることもなく、ほかの患者と同じように細菌感染もする。

おかげでエレンは久しぶりに風邪をひいた。彼と出会ってから感染症を患うことがなかったので、すっかり油断をしていた。

待ち合わせ時間の三十分も前に、エメリッヒとジョセフィーヌが臨床試験の同意説明のための書類一式をファルマの病室に持ってきた。

「早かったわね。今日はよろしくね」

エレンが手を振りながらにこやかに声をかける。

「もちろんです。教授とお話したくて、余裕を持ってきました」

エメリッヒたちはファルマと雑談をしているので、エレンが通訳をする。

エメリッヒとジョセフィーヌは研究者夫妻として、引き続き医薬大で先進的な遺伝治療の開発を続けている。

二人はかなり高度な研究相談ももちかけているので、ファルマの認知機能に問題はないのだろう。病床にあってもファルマは彼らの師で、精神的にも大きな支えとなっているようだ。

「ファビオラ先生！」

エレンは病室の入り口で会釈をするファビオラに気付く。

「講義があって同席できそうにないの。説明を二人にまかせても大丈夫そうかしら」

「ええ、お任せください」

エメリッヒとジョセフィーヌが頷く。

「講義が終わったらすぐ戻ってくるわ」

ファビオラは現在、サン・フルーヴ医薬大のファルマの研究室を准教授として引き継いで、彼の留守の間、研究を主宰している。

エレンが講師を辞し、ファルマからの引き継ぎもあってファビオラの負担は大きいはずだが、そこはエメリッヒとジョセフィーヌが彼女を支えている。なお、ファルマの秘書であったゾエはファビオラの秘書へとスライドして雇用を維持されていた。

ファビオラ単独の業績も既に積み上がっていたが、彼女はまだ教授への昇任を希望していない。ファルマに戻ってきてほしい、という話をエレンはファビオラから聞いていた。ただそれは、フアルマの今の状況をして本人に切り出せる話ではなかった。

「ここでいいのか」

ブリュノが五分前に合流する。

ブリュノは爵位を失ったあともこれまでの功績を認められ、サン・フルーヴ医薬大総長を留任している。表向き、その仕事ぶりに何も変わった様子はない。彼は厳格で、常に多くの仕事を抱えていた。

パッレの姿も見えたところで、エメリッヒは再生医療の臨床試験の説明を始める。随分練習していたのか、流暢《りゅうちょう》かつ自信に満ちた説明だった。

「何かご心配な点はありますか」

ファルマ自身は治療を把握しているので、エレンを通じて特に質問はないと同意の意志を伝える。

ファルマの心拍は落ち着いていていた。

ブリュノがファルマのサインの代筆をし、エメリッヒらを激励する。

「前代未聞の大変な試みになるだろうが、うまくいくことを願っている」

「はい、総長。細心の注意を払いながら進めていきます」

エメリッヒとジョセフィーヌも緊張して応じる。

パッレも詳しく説明を聞いていたが、次の予定があるようだ。

「すまない、もう戻らなければ」

「パッレ君も忙しいわね。今日も大統領府へ出勤するの？」

全世界的な規模で発生した貴族階級の神力と神術の喪失で、世界情勢は激変した。

このときを境に、王権守護神授によって正当化されていた王侯貴族による封建制度は、旧体制として終わりを告げた。

神聖国聖帝エリザベス一世は、この事態によって守護神より授かった絶対的権威の根拠を失ったとして、全財産と全権を民衆へ返還すると布告した。さらに大神殿以下、神官、貴族階級の特権身分の停止と解体を行った。

大神殿は解体後、民間慈善団体や教育機関として再生する予定だ。神聖国の大神官の決定に叛《そむ》く国王は存在せず、神聖国の後ろ盾を失った各国の王も一斉に廃位せざるをえなかった。

今後は民衆の代表が選挙によって選出され、国民議会として統治を行い、各国は平和的に絶対王政から民主制へと移行するよう、エリザベスは聖帝として最後に求めた。

廃位したエリザベスは出生名であるセシリア・ド・グランディユを名乗り、国民議会の議員として大統領府で執務する運びとなった。

悪徳貴族の中には民衆の暴動をおそれ、聖騎士の代わりに銃火器で武装した私兵を雇って領地や財産を守らせたり、財産を持って逃亡した者もいた。

しかし大半の元貴族は悪霊の脅威から民衆を守り、領民の食い扶持《ぶち》を維持してきたこれまでの実績を評価され、民衆に受け入れられ、変わらず領主として領地の経営にあたっていた。

受け入れられた理由は、ほかにもある。

膨大な予算を悪霊対策に費やす必要がなくなったことから、減税および徴兵の廃止が行われたのだ。

貴族階級の人々が神力を喪失したことにより、サン・フルーヴ帝国はサン・フルーヴ共和国へと移行した。国民議会は平和裏に初代共和国大統領を選出し、著名な歴史家にして弁護士、弁舌を得意とするマーセイル出身のジュールが大統領に任命された。

平民出身の彼はサン・フルーヴ宮殿に大統領府を構え、旧体制からの脱却をスローガンに次々と自由主義改革を進めていた。世界的にも珍しい民主主義が芽生え、これからは力強い民衆の時代になるだろう。

時代の移り変わりを、旧貴族としてのパッレは目撃している。

「ああ、職員が増えて仕事も増えているからな」

現在のパッレの身分は、大統領府の専任医系技官だ。

「セシリア様のご体調はお変わりない？　ご多忙であらせられるなら、気をつけないと」

「お変わりない様子だが、俺も油断はしてない」

セシリアには、かつて患った肺結核の再発の可能性が生涯にわたってある。数十年経過しても再発することもあるため、パッレは油断なくフォローアップをしている。それはファルマのやり方を踏襲していた。

「もっとも再発しやすい時期を抜けたとはいえ、セシリア様もご心労が多いでしょうからね。気をつけていただきたいわ。それから、あなたも。あなたにだって再発の危険はあるのだから。血液検査を欠かさないこと」

エレンはパッレの白血病の再発も気にしている。

「ああ、分かっている。自己管理はしている。そして、一番信用ならないのは自分だ」

自分を埒外に置かず、彼は定期検診の中に組み込んでいる。

他人に厳しく、自分にはもっと厳しい。パッレはそんなストイックな生き方を貫き続けている。

パッレと接していると、エレンはいつもピリッとする。

永遠のライバルだと思っているが、いてくれると張り合いが出る。

彼は彼の持ち場で、自分は自分の持ち場で全力を尽くす。彼女はそんな思いを新たにする。

◆

「薬谷《やくたに》先生、おはようございます」

東京都文京区国立大学薬学系研究科、３０１号室。

爽やかな挨拶とともに、若い秘書の女性が出勤してきた。

首に下がったネームプレートには、天野《あまの》と書いてある。

「天野さん、おはようございます」

先に出勤し、論文を読みながらソファでゆったりとコーヒーを飲んでいるのは、教授の薬谷完治《かんじ》。

健康的で清潔感のある、髪を短く整えた青年だ。

「今日は忙しくなりそうですか」

「いえ、今日は早めに帰ります。打ち上げに行くので」

彼は仕事よりもプライベートを大事にしている。研究ではバリバリ結果をだしたうえで、よく早退したり抜けたりする。

彼はいつも穏やかで、それでいて恐ろしいほど有能で、指示も明快で気配りが行き届いており、天野も彼のもとでは働きやすい。薬谷のことを女友達に話すと、理想の上司だと羨《うらや》ましがられる。

「さすが薬谷先生です。金曜日ですもんね。私も早く仕事を終えて帰れるようにします」

薬谷はあっという間に仕事を終わらせて帰ってしまうので、天野も彼のスピードについてゆけるようにと、いつも刺激を受けている。

「個人的な懸案が片付いたもので、仲間と打ち上げです」

「いいですね！　先生おすすめのおいしいお店があったら教えてください」

ハイセンスな薬谷の店選びは天野の中では殊《こと》に信用がおけて、手頃な値段でおいしく、どの店に行っても感動する。

「来月、二週間ぐらいお休みをいただきます。有休はたくさんあると思うので、思い切って消化してしまいます」

天野は理由を聞き出したい気持ちを抑えられない。ここのところ緊張していた様子の彼が、いつになく嬉《うれ》しそうにしているからだ。

「打ち上げといい、何かいいことがあったんですか？」

「ええ、やっと二十年来のリアル脱出ゲームが終わりましたので」

「リアル脱出ゲーム。いいですね。私も時々行ったりしますよ、そういう企画。薬谷先生、意外とそういうの好きなんですか。今度横浜であるんですって」

「好きというか、巻き込まれていました。しばらく脱出ゲームは懲《こ》り懲《ご》りです」

「気になります。どんなゲームだったんですか？」

「ざっくりいうと、二十年ぐらいかけて宇宙の侵略から地球を防衛するゲームです。もう世界の行く末など考えなくてすむと思えば清々《せいせい》します」

天野は微笑ましそうに、満面の笑顔で聞いていた。

全くのゲームの話だと思っているからだ。

「何十年単位の脱出ゲームなんて、聞いたことがありません。すごく本格的ですね！　公式サイトとか教えてほしいです」

「非公式でしたのでね。少しだけ疲れましたが、きちんと終われたので全ては報われました」

薬谷はずっと研究で忙しそうに見えたのに、仕事の合間に脱出ゲームに興じていたとは恐れ入る。

「それは打ち上げもしたくなるでしょう」

「天野さん。私、来年退職していいですか？」

コーヒーを入れようとしていた天野がカップを取り落とし、割れそうになった。ステンレスのカップでよかったものである。だが、フィルターの中のコーヒー豆は盛大にぶちまけてしまった。

「は？」

周囲には訊《き》かれてはならないことだと思い、天野は思わず声を潜めてしまう。

「調剤薬局を始めたいと思うんです」

全疾患治療薬（ＳＯＭＡ）を開発し、教授になったほどの世界的研究者が引退だなんてもったいない！　と言いかけて、天野は口をつぐむ。無責任なことは言うまい。

研究分野では彼なりの成果は出して、区切りがついたと言っていた。その先を求めれば、薬学ではなく哲学の問題になるとも。

何に価値を見出《みいだ》しどう生きたいかは、彼の決めることであって周囲が押し付けるものではない。

「薬谷先生が薬局を……。そういえば、ずっと薬局をやってみたいっておっしゃっていましたもんね」

天野は「素敵です！」と屈託のない表情で微笑んだ。

やりたいことがあるのだから、彼を応援するしかない。

「でも、辞めさせてもらえるかは先生次第ですね」

あらゆる方面から引き止められるだろうが、そこは頑張って退職してほしい。

「でも、ＳＯＭＡができてしまったのに、薬局で売る薬とかあるんですか？」

「薬局は薬を売るだけの場所ではありません。やることはたくさんありますよ」

「そうなんですか。よく知らなかったです」

「残りの人生では、患者さんと直接向き合っていきたいんです」

一度切りの人生なのだから、やりたいことは全部やる。

ＳＯＭＡによって延長された人生を手に入れ、前から見定めていた次のステージに行くのだろう。

そんな人生って最高だ、と天野は少しだけ彼を眩《まぶ》しく、羨ましく思った。

「先生、内装とか外観とか決めるの楽しみですね！　名前はもう決めたんですか？」

「ええ」

もう決めている、と彼ははにかんだように店名を告げる。

コーヒーの香りたつ研究室の床を掃除する天野の耳には、希望に満ちた素晴らしいもののように聞こえた。

◆

「ここは……」

彼女は痛みをこらえながら、担架の上で目を覚ます。

その瞳に飛び込んできたのは、あまりにも広大な青空だ。

見慣れた空のはずなのに、懐かしく感じるのはなぜだろう。

その理由にすぐに気付かされる。

見慣れた空に、バタバタと航空機の飛ぶ音が聞こえていたからだ。

周囲は喧騒《けんそう》に包まれ、随分と騒々しい。

不快な湿度と、人々のうめき声。

誰かが、人が大勢いる気配がする。

彼女は気付けば、担架の上で何者かに激しく頬《ほお》を叩かれていた。

「しっかりしろ。名前は言えるか」

「……スカーレット……ハリス」

「住所は」

「アーカンソー州ウィンターヴィル……え？」

熱にうかされながらうわごとのように答えていると、その相手が英語を話していることにようやく気付く。

「今はいつで、ここはどこですか……？」

「七月二十五日、今からニューオーリンズの救護所に運ぶところだ。アーカンソーから随分流されたな。川沿いの瓦礫の中に埋もれていたんだ。救護所はけが人でいっぱいでな、この世の地獄だ」

スカーレットは驚きのあまり、瞳を大きく見開く。

「何年のですか」

「一九二六年に決まっている」

彼はこの世の地獄というが、ここは地獄ではない。

戻ってきた。

西暦一九二六年。おそらくは、異世界へ遭難したままのアメリカ合衆国に。

誰がここに戻してくれたのだろう。

「何だ、頭がどうかなったのか」

下手なことを言えば、救護所ではなく別の場所に連れていかれそうだ。

少しでも妙だと思われたら、ひどいことになるかもしれない。

「お、思い出しました。私は住血吸虫に感染しています。治療ができればお願いします」

「救護所に伝えておくが、薬も物資も不足している。人員も手いっぱいだ。まともな治療は期待するな。暴動寸前なんだ」

運が良ければ家族に会えるだろうか。

家族、友人、生徒、誰が生き残っているだろうか。

スカーレット・ハリスは大きく息を吐いた。

「ただいま」

彼女は合衆国に帰りたかった。

そしてラカンガ洞窟から時を越えて帰還することができ、それで願いは叶《かな》った。

これは今際《いまわ》に見る夢だろうか、現実だろうか。

戻ってきたはいいが、すぐに天に召されるのだろうか。

彼女は担架に揺られながら肩をまさぐると、そこにあったルタレカは消えている。

どうでもよくなった。

どうやら長い長い冒険も、終わったようだから。

十一話　それからのこと

「エレオノールお嬢様。ご起床のお時間ですよ！」

その朝のエレンは、ボヌフォワ邸でいつものように侍女に文字どおり叩《たた》き起こされていた。

彼女は寝ぼけた顔で侍女に空返事を送ると、毛布にくるまり、広いベッドでのたりと寝返りを打つ。

「あと五分だけ！」

「お嬢様！　これで三回目の五分だけなのですが!?」

侍女が呆《あき》れながら砂時計を転倒させる。このあたりのやりとりは、毎度のことだ。

なだめたり、すかしたり、騙《だま》したり、エレンを起こすのは侍女にとって毎日の格闘のようなもので、それはもう大変だ。一人でぱきっと起きて、おとなしく支度をさせてくれたらどんなに助かるかと度々文句を言われている。

エレンは夜型だからか、朝に弱く一人では起きられない。朝のひと時だけは、別人のような醜態をさらしてしまう。

「ほら、十五分たちました。起きますよ！」

「いやー！　毛布をはがさないでー！」

口では嫌と言いながらも、洗顔に連れていかれ、長い銀糸のような髪を梳《す》いてもらい、オートクチュールの服を着せてもらいながら、半分ねぼけている。

　このように、かつてのサン・フルーヴ帝国の大貴族、ボヌフォワ伯爵家の生活はというと、貴族制度の解体の後も以前とさほど変わらなかった。

　ボヌフォワ伯は封土の半分を売却していたが、経済的には全く困窮していない。投資家として目端が利いたので、成長著しい新興の国際商社に事業資金の出資をして、その利益は十分だった。

　ボヌフォワ邸の使用人たちも働き場所を求めていたし、十分な報酬が支払われていた。使用人全員が残ったわけではない。新しい働き口を求めて去った者たちもいた。エレンはそれを前向きにとらえている。

　完璧に整えられた身支度のあと、口を開かなければ誰が見ても良家の令嬢に見える。

「本日はどの眼鏡になさいます？」

　侍女は何段にも重なったガラスのメガネケースを持ってきてエレンにうかがう。

「やっぱりこれかしら」

　今日はファルマからプレゼントしてもらった眼鏡を選ぶ。

「やはりそれでございますか。明日からこれ一本だけお持ちしましょうか」

　箱を持ってくる侍女の手間も省ける。

「それは違うのよね。一応、他のにしようかとも悩んでるのよ。たくさんの中からこれを選んじゃうだけで」

　ここのところ、ずっとこれを選び続けている。

エレンが所有しているこの眼鏡に限らず、メロディ・ル・ルー作の割れないガラスを使った眼鏡は以前にもまして希少性が高く、高値で取引されている。

ガラスは割れなくても眼鏡自体が壊れたら二度と修理ができないため、エレンもできれば使わずに大切にとっておきたいのだが、どうしてもこれがいいのだ。

これから先、過去に神術で作られたものは、神術の効果がなくなったとしても貴重品として重宝されるのだろう。

エレンは貯《た》めに貯めた杖《つえ》のコレクションも当分手放すつもりはないが、今ではもう腰には何も帯びず、飾りの杖も挿さない。

眼鏡をかけると、自室の一番目立つ場所の大型絵画に視点が合うようになる。

ロッテにより描かれた絵画作品のコレクションだ。エレンも熱心なコレクターとして、個人的な依頼もあり、かなりの点数を所有している。

無邪気に笑っているファルマやロッテ、ブランシュの絵の中に、エレンは二度と戻れない過去を見出《みいだ》して愛《いと》おしむ。

過去を懐古するためでだけでなく、今日一日を頑張る活力とする意味もある。鮮やかな色彩で生き生きと描かれた絵画はエレンを今日も励まし、奮い立たせ、気分を上げてくれる。ロッテの絵は、そんな不思議な魅力を持っている。

「よし！」

エレンは自分に言い聞かせるように一つ大きく頷《うなず》くと、気持ちを切り替える。

「エレンーおはよー、起きるの遅いー」

「おはよう、ソフィ。ごめんね。お姉ちゃん朝弱いの」

「だよね」

ソフィはどちらかというと朝型だ。

早朝に起床し、家族が起きる時間になるまではベッドで本を読んで過ごしている。

「そうだ。今日の小テスト、昨日の夜ちゃんと復習した？」

部屋に入ってきたソフィを抱っこしながら、エレンは頬《ほお》をつついてじゃれあう。ソフィが電撃を食らわせてこなくなったので、安心して彼女を抱っこできるようになった。

ソフィは学校に通学を始めて、友達もできて、規則正しい生活にも馴染《なじ》んできた。

エレンの家庭教師の甲斐《かい》あって、勉強もついていけているようだ。

「大丈夫、ばっちりだから。満点間違いなし」

彼女は元平民ともうまくやっていけて申し分ない。時々、元平民の友達を屋敷に連れてきて鬼ごっこをしている。

◆

エレンはソフィとともに優雅な朝食をとり、彼女を学校に送り出す。

そして化粧をして身だしなみを整えると、彼女のもう一つの職場である異世界薬局へと出勤する。

エレンはここ最近、健康のために、馬を使わずファルマが登録して巷《ちまた》で流行《はや》り始めた自転車で通勤をしていた。自転車のゴムのタイヤはまだ開発段階にあり、舗装されていない道ではパンクもするが、その疾走感と、細い路地でも小回りがきくのでエレンは気に入っている。

額と頬に風をうけ、長い銀髪をたなびかせて、サン・フルーヴ川のほとりを颯爽《さっそう》と走りながら、解体工事の進みつつある旧帝都神殿の前を通り過ぎる。

「おはようございます。少し時間がありますか」

旧神殿の入り口で、資料を運んでいる平服の男が会釈をしてエレンを呼び止める。

「おはようございます、サ……いえ、シストさん」

エレンは思わずサロモンと呼んでしまいそうになるが、彼は還俗《げんぞく》後、出生名のシスト・ファレッリを名のっている。

彼は神官を辞し、ゆくゆくは故郷のエルヴェティア王国に戻り、王命で世界中を巡って史学書の編纂《へんさん》や文化財保全のための活動を続けるそうだ。

彼がエルヴェティア王国の王の分家の系統だったということは、エレンは周囲から聞いて最近知った。どういった経緯で神官になったのかは知らない。

彼はサン・フルーヴで数年かけて文献を整理し、編纂物を持ってエルヴェティア王国へ旅立つとのことだ。宗教学的に重要な資料は、平民の大統領制に移行したサン・フルーヴ共和国よりも、旧貴族が治める国家にあったほうが安全だとの判断があったようだ。彼はもう五十歳近いと聞いたことがあるが、精力的に活動を続けるさまは年齢を感じさせない。

彼はファルマの見舞いに病室まで押しかけることはしなかったが、時折世界薬局に顔を出したり、こうしてエレンを見かけると間接的にファルマの様子を尋ねたりしていた。

ファルマ個人の身を案じているというより、守護神ではなくなった人間の変化に対して興味を持って、研究対象として記録をしたいようだ。そういう部分を見るに、彼は真に宗教家なのだろうなとエレンは思う。

エレンを含めて、共和国内には神術が消えたあとも守護神への信仰を持て余している者が大勢いるが、彼は神官としての召命が終わったとして、信仰心はさっぱりと捨て去ったようだった。だから逆に、ファルマの共通の知人として世間話をするには気兼ねがない。

「あの方は特にお変わりはありませんか」

「ええ、今は日にちの経過が薬ですね。シストさんもお仕事、頑張ってください」

ファルマが橋腹側の障害により発症した閉じ込め症候群は、発症から七か月が経過した。

ファビオラとエメリッヒ率いる再生医療チームと、ブリジット・ル・ノワールの外科チームの連携により、自家細胞を用いた数度におよぶ再生医療が実施され、ファルマの身体機能は急速に改善をみせつつあった。

現在のファルマは、橋腹側へと移植された遺伝子改変神経幹細胞が分化し生着、神経の補填《ほてん》を始めるのを待っており、既に全身麻痺《まひ》の状態を脱しつつある。

依然として構音は不能だが、口唇は動かすことができる。

ぎこちないが、笑ったりもする。

彼の笑顔を見たかったはずなのに、エレンはその様子を見ると辛《つら》くなる。

かなり無理をして、ようやく笑えるのだそうだ。

垂直運動のみであった眼球の運動は、左右へ注視が可能になった。

両手指には、わずかに随意筋収縮がみられる。

経鼻胃管栄養で離床を開始し、全身状態は既に安定していたため、ファルマは急性期における命の危険を脱したとして、回復期リハビリテーション病棟へと転棟していた。そこでリハビリ訓練、食事、着替え、衛生、整容、排せつなどの補助と看護が行われている。

エレンは一人で抱え込まず、各分野の専門家と連携をとっている。

リハビリがうまくいったら、自宅に戻るか入院を続けるかはファルマの状態次第だ。

エレンは十分なケアを続けるためにも、そして急変に備えるためにも、ファルマには入院の継続を提案して、ファルマもそれを受け入れていた。

ファルマはモールス符号を用いて瞬《まばた》きでほぼ遅延なく、エレンに彼の意思を伝えている。エレンもリアルタイムで読み取ることができるので、コミュニケーションには困っていない。

来月には話せるようになるかもしれない――ファルマの言葉は希望的観測なのか、神経幹細胞の生着のスピードから実際にそうなると見積もっているのか、未来を知っているのか、エレンは分からない。問いただすことが怖くて、詳しくは聞いていない。

もし車椅子に乗れるようになったら、連れていきたいところはたくさんある。そんな日が訪れるのを、エレンは挫《くじ》けそうになるたびに楽しみにしているのだ。

「お互いに。何かお力になれることがあれば、遠慮なく言ってください」

「ありがとうございます。そうだ、エメルナさんとリオネッラさんにもよろしくお伝えください。また薬局にも来てもらえると嬉《うれ》しいです。スキンケアの新製品もたくさん出ていますので」

「ええ、別の部署に行っておりますので、そう伝えておきます」

かつての神学者リアラ・アベニウスはエメルナ・アギレラと名乗っており、シストと共にエルヴェティア王国の史学研究員として招かれている。

ジュリアナはリオネッラ・ガットゥーゾという世俗名を名乗り、今後はサン・フルーヴ共和国内での教育施設や慈善団体の運営に積極的に携わるそうで、サン・フルーヴにとどまる。

還俗した旧神官たちも、それぞれ新たな名とともに、新たな道を歩み始めている。

◆

薬局の門のあたりでは、開店前だというのに職人たちが数名、待機していた。

「エレオノール師、看板職人の方々がいらしています」

職人たちには、先に出勤したラルフが対応していたようだ。

「ええ、始めていただいて……待って、最後に写真を撮りましょう。スタッフも皆呼んできて」

エレンは出勤した職員を外に集め、写真機を使って店舗の外観を撮影してもらう。

現在、異世界薬局本店で働いているのは六人。

エレオノール・ボヌフォワ（管理薬剤師）、アメリ（薬剤師）、ラルフ・シェルテル（薬剤師）、セドリック・リュノー（一般従事者）、ルネ（一般従事者）、トム（連絡人）。

「この看板、まだきれいなのにどうして変えちゃうんです？」

写真撮影が終わって、事情を知らない庶務のルネがエレンに尋ねる。

「知ってる？　この店の名前、ファルマ君の独り言でこうなったのよ」

「そうなんですか！」

「えっ、聞いたことなかったです」

ルネに続き、真面目なラルフもショックを受けたというような顔をしている。

「なら、ファルマ君は内緒にしていたのかもしれないわね。ああ、よく考えたら私のせいでもあるわね」

エレンは何かを思い出し、少しばつがわるそうな顔をする。

「どういうことですか？」

二人が興味津々で尋ねてくる。

「ファルマ君が看板職人さんと意志疎通できてなくてね。何かぶつぶつ言っていたのを、職人さんが聞き違えちゃってこうなったの。だからといって特に代案もなかったみたいだから、もうそれでいいじゃないって言った私も悪かったわ」

エレンも言ってしまった手前、ファルマはもっとふさわしい店名をつけたかったのではないかと責任は感じていた。あの頃は貴族の店に需要があるかも分からず、まさかこんなに長く続く店になることは思わなかったので、その場しのぎに考えたという理由もあった。

「この店名、機会があれば変えようと二人では言ってたんだけど、なあなあでここまできてしまったってわけなの」

「そんな成り行きで決められた店名だったんですか……今では世界的大企業ですよ。これ、公的には内緒にしておいたほうがいいですか？」

アメリはツボに入ったらしく笑いが止まらず、ラルフは呆れ気味だ。

薬局で勤務していると、日に一度は必ず客や患者から店名について質問されていたが、その対応も今後は必要なさそうだ。

「そんなこともありましたな。何しろ皇帝陛下の突き上げもあり、開店を急いでいましたから」

当時を知るセドリックも、あれは仕方なかったと認めている。

「でも、いつかは適当ではない店名にしないとね。私たちのやりたいことは決まっているもの。まじめにやってるんだから、まじめな名前にしなきゃ」

現地語で〝聖域の薬局〟とも訳される『異世界薬局』は、ファルマの了承もあり、エレンの提案で『世界薬局』に改称することになった。

もはやファルマにとって、この世界は〝異世界〟ではない。現世界薬局というのも大層だし、店名はできるだけシンプルなほうがいい。〝異〟を取ることで、違和感も取れるようにエレンは思う。

「それから、ファルマ君とも相談して、グループの新しいロゴを作ろうかなって思ってるの」

帝国の紋章をあしらった店のロゴはもう使えなくなったので、何かに差し替えなければならないタイミングではあった。

「どんなロゴにするんですか？」

「ファルマ君も私も、優しくて温かいのがいいなって。そう、見たら安心する感じの」

「いいですね。賛成です」

ロッテにデザインしてもらってもいいのだが、職員でよく話しあって決めたかった。

「今度は皆でちゃんと決めましょ」

世界中の関連店舗全ての看板を掛け替え、広報用の印刷物も大刷新、パッケージも新しくしなければならない。公的書類も書き直しが発生するだろうし……と先のことを考えると頭が痛い。

それほどの手間暇と予算をかけてでも、名称とロゴの変更はやる意味があると彼女は感じていた。

『世界薬局』は、公共福祉と健康増進に貢献する世界企業として今後も飛躍してゆくだろう。その流れの中にファルマがいつか復帰することもあるだろうか、そんなこともひそかに願う。

職人たちが看板を掛け替えるのを感慨深く眺めながら、エレンは微笑《ほほえ》む。

「これを見ているとね。やっぱりファルマ君はすごかったんだなって思うの」

「ファルマ師の知識量はすごいですよね。追いつく気がしません」

アメリも全面的に同意する。彼に学ぶにつれ、アメリは彼のすごさを思い知ったようだ。

「知識もだけど……尊敬するのは、彼の勇気のほう」

「勇気？」

「時々ね、考えてみるんだ」

エレンは考えてみることがある。もし自分にファルマと同じだけの知識があって、薬神の能力を授かって、この世界の過去に戻ったとして……人を助けるために周囲を巻き込んで、この世界の社会構造を根底から変えようとしただろうかと。

何も知らないことにして、何も行動せず、周囲に迎合して、保身を図ったかもしれない。

大前提として、エレンはまず物質創造で作った薬を臨床試験もなく人に飲ませるのが怖い。構造が間違っているかもしれない。人体実験のようなもので、怪しい薬剤をいきなり人に投与するのは倫理的にも間違っている。

異世界人に、彼の知っている薬は効くのだろうか。

投与量も異世界人と違うかもしれない。

現れる有害事象も異なるかもしれない。

何か勘違いをしているかもしれない。

そんな思いを払拭《ふっしょく》できない。

大抵の人間はリスクや責任を回避しようとするだろうし、誰とも衝突したくない。エレンもそうするかもしれない。

個別の案件には対応したかもしれないが、社会構造から何から改革してしまおうというエネルギーは、何度振り返っても出てこない。

ファルマと出会う前のエレンが一級薬師を目指したのは、ただ才能を持て余していたから。

弱者を助けたかったわけではなく、優秀な自分にふさわしい仕事をして、認められたかったから。

平民の苦しみを気にもしなかったし、身分を超えて関わるべきでもないと思っていた。

彼は誰にも等しく接し、弱者に寄り添い、七年間でほぼ全てといっていいほどの医療問題、社会問題まで解決し、教科書を書き換え、技術史を百年単位で進め、この世界を病ませていた神術や呪術、悪霊まで取り除いて癒やしてしまった。

最初は物質創造に頼って薬を作っていたが、それを逸脱と考えて、すぐに安全な工業生産に切り替えた。知識も技能も独占しておかず、皆に共有しようとした。

たった一人の貢献ではなかったかもしれないが、始めたときは一人だった。

誰もが彼の試みを信じず、子供のすることと嘲笑《ちょうしょう》されたこともあった。

店を潰《つぶ》されかけたこともあった。

それでも一人、また一人と彼に救われる人々は増え、味方も増えていった。

「ファルマ君は放っておけなかったんだなって」

彼の勇気と優しさ、医療者としての矜持《きょうじ》が、ここに生きる人々を生かしている。

かけ替えられた真新しい看板を見ながら、エレンはファルマの快復を祈る。

神なき時代、祈りは自分で叶《かな》えなければならない。

それは彼女自身の決意の表明にほかならない。

「ここまでやって残してくれたんだから、あとは私たちがつないでいかないとね」

エレンはいち医療者として、彼女を支える多数の人々とともに、彼のために今持てる全ての知識と技能で最善の治療を尽くそうと心に刻み直したのだった。

◆

東岸連邦議会の本会議前、メレネーは議長として議長席で議決書類に目を通していた。

白いブラウスに、黒いロングスカートのフォーマルないでたちだ。

「これは差し戻し。これは今日の審議に回せ」

彼女は政務はもちろん、書類仕事も得意で、部下にてきぱきと指示を下す。

議員たちが会議場に参集し、メレネーの開会宣言の後、東岸連邦の来年度の開発計画と予算編成について詰めてゆく。

東岸連邦は空前の建設ラッシュに沸いていた。東海岸を中心に急速な勢いで近代化が進んでいるが、メレネーは伝統的な暮らしと祖霊を大切にする東岸連邦の人々の心を忘れない。祖霊たちの聖地を避けるよう、開発地区は限定している。

「工期遅延の原因の一つとして、サン・フルーヴの建材が値上がりしているようです」

「では、連邦の鉱物資源の輸出を絞って交渉してはどうか」

大統領制に移行したサン・フルーヴ共和国にも、言うべきことは言う。

あの日を堺に呪術を失った東岸連邦だが、ファルマの事前の肩入れと吹き込みもあって、旧大陸と対等に交渉できるほどの国力をつけていた。

会議が終わると、メレネーは議場の最上階のバルコニーの手すりから身を乗り出し、そこに腰かけて外の空気を浴びて一息つく。

議員としての生活の堅苦しさにも慣れたが、彼女の心はまだ林野を駆け、絵鳥を操って空を飛んでいた頃を忘れない。議長バッジをつけていても、青々と茂る広大な林野と、どこまでも広がる青い海は彼女の故郷だ。

「落ちるなよ。絵鳥はもうないぞ」

議員秘書である長兄アイパに忠告され、メレネーはお転婆《てんば》をあらためバルコニーの手すりをまたいでアイパに向き直る。ロングスカートだったのでバルコニーをまたぐと下着が見えるが、アイパは下着よりもメレネーが手にしていた花に目を留めている。

半分花びらの欠けた白いマーガレットだ。

「何をしている。花弁をちぎっていたのか？」

「クララに教えてもらった花占いというのだそうだ」

メレネーはまた一枚、花弁を放った。

「何を占っていた？」

「ファルマのことでな」

「お前、ファルマのことが好きなのか」

メレネーは慌てて目を見開く。

「早く快復するようにとだな！　本当だ！」

アイパはやれやれとため息をつく。

「白いマーガレットの花言葉を知っているか？」

「し、知らんわ」

メレネーがサン・フルーヴからの土産に買ってきた本に書いてあったので、暇潰しに読んでいたアイパも知っているようだ。

メレネーは急に顔が熱くなり、ぱたぱたと手であおいだ。

照れ隠しにマーガレットの花弁を全部ちぎると、海風が花弁をさらって、空に散らしていった。

◆

マーセイル領主館での滞在中、ブランシュの研修先のマーセイル工場へ向かう道すがら、シャルロット・ソレルはマーセイルの白い砂浜の波打ち際で、海を眺めては絵を描いていた。

よく研いだ鉛筆が、滑らかな紙の上を静かに滑る。

彼女の胸中はいつも騒々しくて、様々な心象が行き交っている。それでも、デッサンの対象と向き合うときは無心になるように心がけている。

「ロッテー、行こー！　馬車出るよー」

領主館で休んでいると言っていたブランシュが、遠くから声をかける。

ロッテは今、画力向上とインスピレーションを高めるために、スケッチをしながら各地を旅して

回っている。自力で手配する旅に慣れていないので、ブランシュに誘われてついてきたのだ。

「はーい、もう戻りますー！」

スケッチブックのページが風にさらわれて、はらはらと開く。

そのページの一つ一つに、実物より何倍も美しい緻密で印象的な風景画が描かれている。

「どんなのできた？」

「浜辺のデッサンと、着彩したものを。ファルマ様、こんなのお好きでしょうか」

「わ、きれーい。ロッテの水の表現はどうしてこんなにきれいなんだろう」

ブランシュはロッテのスケッチブックを見て笑顔になり、少し泣いた。

心に染みる青だと、ブランシュはよく褒める。

「ファルマ様に元気を出していただきたくて」

ロッテは恥ずかしそうに微笑んで、画材の片付けを始める。

「喜ぶよ、きっと。兄上、ロッテの絵好きだもんね」

「本当ですか？」

ファルマは事あるごとにロッテの絵を褒めてくれていたが、身内贔屓《びいき》というか、多少はお世辞もあるかとロッテは内心思っていた。

「兄上が元気なときにね、よくロッテの絵の前でぼーっと考え事してるのを見てたよ。落ち着くみたい」

「そんなことが！　嬉しいです」

彼は病室の外に出られないから、この世界を彩る景色を集めて届けて、少しでも生きる糧《かて》としてもらいたい。風景画は特に好ましく思ってくれているようだ。

「ちなみに、エレオノール師匠もだよ。朝起きたら、ロッテの絵で気分上げるんだって。ロッテがいないときに言ってたから、お世辞じゃなくて本当だよ」

「えー、そうだったんですか。ふふ、知りませんでした。だったらお二人に新作をお届けしないとですね」

ロッテは高度な医学知識で彼を治療することもできなければ、詩人のように素敵な言葉も思いつかない。

彼女にできる彼への精いっぱいの応援であり恩返しは、仕事の合間に彼が喜ぶ絵を描き続けるぐらいしかない。

いつか本物の景色を一緒に見ることができるように、彼女は今日も色彩溢《あふ》れるページを増やしてゆく。

エピローグ

一一五八年四月十二日。

サン・フルーヴ共和国のとある辺境の村が、謎の感染症におかされた。

診療にあたっていた村で唯一の医院を営む老医師が最初に死亡したとき、五三一名の村民を抱える無医村となった。

初動で感染制御に失敗し、人から人へ、死体から人へと瞬く間に村全体の流行に陥ると、日を追うごとに隣人が一人また一人と消えていった。

遠く離れた隣村へ救援を呼ぶ術《すべ》もなく、家々の食料は尽き、人々は病苦と飢餓に苛《さいな》まれてゆく。

震えていた幼子が、策尽きて家の前に座り込んでいた。

彼女の眼窩《がんか》は落ちくぼみ、枯れ木のようにやせこけた腕で膝をかかえこんでいる。

助けを求めて軒先で倒れたきり動かなくなった母親の躯《からだ》が、ゆっくりと朽ちて干からびてゆくのを眺めていた。

カラスが少女をうかがうようにじっと辛抱強く木立の上に佇《たたず》んで、その村を飲み込んでゆく惨状をつぶらな双眸《そうぼう》におさめていた。

腐った水を飲むべきか、ここに横たわるべきか。

殆《ほとん》ど思考力を失った少女が思案していると、いつの間にか、正面から近づいてくる足音に気付いた。座り込んでいた彼女の顔にくっきりとした影が落ち、影の主をみとめ顔を上げる。

「こんにちは」

挨拶をして帽子をとったのは、金髪に碧眼《へきがん》の青年だった。

彼女の見上げたその青年は、あまりに強い生気を持っていた。

生の溢《あふ》れる世界から、この村へ引き下ろされた緞帳《どんちょう》を切って死の渦巻く側へとやってきた。

まるで一筋の光のようだ、そんなふうに彼女は感じた。

「エタン先生の診療所はどこにありますか？」

「エタン先生の診療所はあそこにあるけど、最初に死んだよ。だからこうなったんだよ」

村人の命を守っていた、たった一人の医師が死んだ。

その直後、堤防が決壊したかのように、溢れんばかりの死が村の外から押し寄せてきた。

抗《あらが》う術を持たなかった者たちは、なすすべなく息絶えた。

「飛行機を使って急いできたのだけど、遅かったようですね。大人はいますか？」

少女は乾いた唇で、ブツブツと呪詛《じゅそ》のような言葉を紡ぐ。

「……みんな逝っちゃったよ。あっという間だったよ。もう村には動ける人はいない……。まだ生きている人もいるかもしれないけど、誰も外に出てこないよ。食べものも腐ってなくなっちゃったし……」

少女は茫洋《ぼうよう》とした視線で青年を見つめる。

「あなたも私を迎えに来たの？」

青年は彼女の視線に「いいえ」と首を振る。

「誰かを迎えに来たのではなく、エタン先生に求められた薬を持ってきたんです」

彼はコートの下から、ネームプレートを取り出して提示する。

貴族みたいに長くて立派な名前だ、と彼女は思った。

「私は先遣として、サン・フルーヴ共和国の首都から来た薬剤師です」

「やくざいし……？　やくしではなくて？」

少女は聞き覚えのない『薬剤師』という職業に戸惑っている。

神術に依存した薬学体系を手放した薬師は、科学に根差した薬学を柱とする薬剤師という新しい呼称に改称されたのだと彼は説明する。

「はい。そして私たちは、守護神が役割を終え奇跡が消えたこの世界の隅々に、人道援助の観点から必要な医療と薬を届けることを使命としています」

「その薬剤師さんは何をしてくれるの？」

「私はあなたを助けに来ました。まずはあなたの治療から始めましょう」

「そういえば、のどがかわいたかも」

少女は初めて、自分が飢えていたこと、救われるべき人間であったことに気付いた。


やがて彼が宣言したとおり、彼が持ち込んだ薬と医療によって、死を待つのみだった大人たちが、子供たちが、すんでのところで命をつなぎとめた。

ほどなく村に医療の光が届き、隅々にまで医療支援が行われ始めた。

本体として合流した医療団を受け入れ、村人たちは彼らを歓迎する。

村から疫病が駆逐されるまでの間、その薬剤師の青年は村人たちを励ましながら、対等な関係を築きつつ献身的に働き続けた。

その青年が人々に手渡した薬袋には、これまでに少女の見知った薬局の紋章というものが見当たらなかった。

代わりに、世界言語で『世界薬局』という文字。

そして、人々が手をつなぎあうシンプルかつ力強いイラストレーションが、大きくのびのびと描かれていた。

異世界薬局《いせかいやっきょく》

～あとがき～

二〇一五年に異世界薬局を書き始めたときは、どうか二巻にいけますようにと祈るばかりでしたが、皆様のおかげで一〇巻まで出していただくことができ、最後まで物語を紡ぐ機会をいただけましたこと、心より感謝しております。

読者の皆様。私の遅筆のせいで刊行が滞りがちでしたが、見捨てずに長期間にわたりお付き合いいただき、ありがとうございました。

最終巻の内容は、これまで各巻で提示してきたテーマの総まとめという形にしました。

こういう展開にすればよかったという後悔もたくさんありますが、取り上げるべきこと、主張すべきことは全巻の中で全部言ったと思っています。

この作品はフィクションではありますが、ファルマの最終講義での問いかけは、そのまま現実の世界で起きうる懸念や祈りでもあります。

人類は疾患を克服するのか、疾患と付き合ってゆくのか。

今は予期もしない、破壊的なイノベーションが生じるのか。

今後、人類はどんな社会問題に直面し、その問題にどのような答えを出してゆくのか。

今後は物語を離れ、皆様と共に現実の未来の到来を見届けたいと思います。

異世界薬局はこれにて書籍が完結し、高野聖先生のコミカライズ版のみ継続します。

コミックでは物語は再構成され、書籍にはないキャラクターの魅力にあふれ、世界観がより深まっています。

本作は二〇二二年七月にアニメ化し、素晴らしい映像作品として皆様のもとに届けていただきました。キャラクターたちが活き活きと動き、キャラクターにぴったりの声を当ててもらっているのを見ると、作者としても非常に感慨深いものがありました。

一〇巻におきましても、執筆と出版にあたり多くの方々のご助力を賜《たまわ》り、ご指導を受けました。最終巻までご協力を賜りました専門家の先生方には、専門的な医学、薬学、科学描写を確認していただきました。細やかなご指導、誠にありがとうございました。

最後に、イラストレーターのｋｅｅｐｏｕｔ先生、コミックの高野聖先生、担当編集様、編集部の皆様、書籍の制作に携わってくださった方々、読者の皆様へ、心よりの御礼を申し上げます。

これからも拙《つたな》いながら、Ｗｅｂの片隅で文章を書き散らして参りますので、またどこかでお会いすることがあれば、お手にとっていただけますと幸いです。

高山理図

『異世界薬局』最後まで
応援 ありがとうございました！
こんなに素敵な作品に携われて幸せでした
イラスト担当 Keepout

Special Thanks

【監修・考証】

児島 悠史
（薬剤師）

内藤 雄樹
（分子生物学者・理学博士）

村尾 命
（医師・医学博士）

※敬称略・五十音順

異《い》世《せ》界《かい》薬《やっ》局《きょく》 10

2024年1月25日　初版第一刷発行

著者　高山理図
発行者　山下直久
発行　株式会社KADOKAWA
〒102-8177　東京都千代田区富士見2-13-3
0570-002-301（ナビダイヤル）
印刷・製本　株式会社広済堂ネクスト
ISBN 978-4-04-683252-8 C0093

企画　株式会社フロンティアワークス
担当編集　平山雅史（株式会社フロンティアワークス）
ブックデザイン　ウエダデザイン室
デザインフォーマット　AFTERGLOW
イラスト　keepout

本シリーズは「小説家になろう」（https://syosetu.com/）初出の作品を加筆の上書籍化したものです。